文春文庫

パンチパーマの猫

群　ようこ

文藝春秋

目次

パンチパーマの猫

母に咲いた巨大な花

男やもめに蛆がわき女やもめに花が咲く

　私の母は四十三歳のときに離婚をして、女やもめになった。愛情があっても別れなくてはならない死別とは違い、

「別れたかったのが、やっと別れられました」

という状態だったので、花の咲き具合にはものすごいものがあった。当時私は二十歳だったのだが、離婚するかしないかで揉めていたときの母は、表情も冴えず身なりにもかまわず、セミロングの髪の毛をただ後ろでまとめて、ほつれ髪も気にせずに、いつも深刻に何かを考えていた。こちらも彼女の心情は察知しているから、きついことはいえずに黙っていたのだが、彼女の姿は日本昔話に出てくる、「山んば」のようだった。ぼろぼろの着物を着て、山奥の木の上にひそんでいる山んばは、こういう雰囲気なのではないかと、私は我が母の姿をじとーっと観察していたのであった。

離婚が成立したら、働かなくてはならない。母の友人が管理をしていた、地方の会社の東京宿泊施設で雇ってくれることになり、履歴書に貼付するスピード写真を撮影してきた。母は家に帰るなり、

「おねえちゃん、とんでもないことになっていた」

と真顔でいった。

「どうしたの」

彼女は黙って三枚一綴りになった写真を差し出した。そこには山んばどころか、髪の毛がぼうぼうで目つきもとろんとしている、地獄に堕ちた亡者みたいな母が、むっとした顔で写っていたのである。私と弟はそれを見て、腹を抱えて笑ってしまった。親類にも誰にも見せられない、うちの家系で末代まで隠匿しなければならない代物ができてしまったのである。

「私って、ずっとこんなんだった？」

母は聞いた。それまで見たことがないくらい真剣な顔だった。

「ここまでひどくはないけど、山んばクラスだった」

「自分の顔は毎日見ているから、わかんなかったのよねえ。これはひどいわ。あー、びっくり」

もちろんその忌まわしい写真は破棄し、母はぱたぱたと顔に粉をはたき、口紅もつけ、長い間、行かなかった美容院にも行き、何とか履歴書に貼る写真は準備できたのである。その後、調理師の資格も取り、フルタイムで働くようになった。ここで母に狂ったように花が咲きはじめた。たしかに外に出て働くようになってから、私から見ても母はとってもきれいになった。きれいになったといっても、もとが山本富士子とか、八千草薫ではないので限度があるが、母の顔面の限界点ぎりぎりの美人度だったと思う。あの山んばや地獄の亡者と同一人物とは思えないくらいの、変身ぶりだった。そんな母にやもめの男性たちが、わんわん集まるようになったのである。

私はそのうちの二人に会ったことがある。いちばん最初に会ったのは、中学生の女の子を持つ、喫茶店の経営者だった。娘さんが母にとてもなついていて、相手は結婚する気だったのに、母はそれほどでもなかった。それでも、

「結婚しようっていわれちゃったあ」

などとはしゃぎ、この間、彼が泊まっていったという衝撃の告白までする始末だった。就職をして彼氏などできないくらい仕事が激務だった私は、うれしそうにしている母を見て、

「あーそー」

と気乗りのない返事をした。だいたいこういう会話は、女友だちとならあるかもしれ

ないが、まさか自分の母親とこんな話をしなければならなくなるとは、想像もしていなかった。

「どうしようかしらん」

母はもう目の中に星が入ってしまい、体が畳から三十センチ浮いているかのようであった。せっかく自分の子どもが二人とも成人したのに、これから中学生の子どもを一人前にするには、また気苦労をしなければならない。それよりもあとの人生を、自分のやりたいことをやって、気楽に過ごしたほうがいいんじゃないかと私はいった。すると母は、

「そうよねえ。そうするわ」

といってきっぱりとプロポーズは断った。もちろん友だちとして付き合うのはかまわないといったのだが、相手とはそれっきり音信不通になった。どうやら次の相手を見つけるべく、娘を連れて行動を開始したらしいのであった。

次に会った人は、のっけから私の目の前に現れた。ちょうどそのときに一人暮らしのアパートの引っ越しをしようとしていたのだが、そこに母と現れたのである。まず子どもの私からおとそうとしたらしく、軍手、ガムテープ、ビニールヒモ、カッターまで持参しているものの、着てきたのはグレーのスーツだった。彼は私をせっつくように、

「おじちゃんは何をしたらいいの？　ほら、ほら、何でもいって。ね、ね、手伝いに来

たんだから」

　とやたらとうるさくつきまとってきた。はっきりいって彼が来てもやることなどなかった。すでに荷物の梱包は終わっていたし、あとはレンタカーを借りてきてくれる友だちを待ち、彼らに段ボール箱を運び出してもらえばいいだけだった。

「もう準備は全部終わっていますから」

「そうか、残念だなあ。せっかく来たのに」

　彼はせかせかと室内を歩きまわる。その落ち着きのなさに、私はうんざりした。

「だから来ても無駄だっていったのに」

　母も困った顔で立ちつくしている。彼はそのうち段ボールのひとつを持ち上げて、

「重いな」

　とつぶやいた。

「この子はタンスもドレッサーも持ってないんだけど、本だけはたくさんあるの。これは全部本なのよ」

　そう母がいうと、彼は、

「ふーん」

　といって軍手をはずし、

「じゃ、おじちゃんはこれで」

と帰ってしまったのである。私はあっけにとられた。母は、

「あら、いったい、どうしたのかしら」

と首をかしげて、彼のあとを追って帰っていった。何だかわけのわからない人で、私とは明らかに合わないタイプの人だった。

「いったい、どういう基準で男性を選んでいるのか」

私は母の男性の趣味に首をかしげた。彼らは「男やもめに蛆がわく」そのものといったタイプだった。娘がいる人は歯がほとんどなく、喫茶店を経営している客商売だというのに、着ている物の清潔度もちょっとどうかと思われた。また、突然現れたほうの人は、TPOも無視で、引っ越しの手伝いにスーツ姿で来るし、また、わいた蛆もすっとんでしまうくらい、落ち着きがない。とにかくいつもはあはあしていて、

「結婚、あせってます」

という雰囲気が体中からみなぎっていたのであった。また詳しく話を聞くと、母にアプローチしてきた男性は、成人していない女の子がいる、借金がある、老いた母がいるなどといった事情がある人ばかりだというのだ。

「男の人とは友だち付き合いでいいじゃないの。また結婚をして苦労することないよ」

私はそういった。

「そうなんだけどね、男の人って恋愛だけじゃ満足しないみたい。すぐに結婚、結婚っ

ていうの。嫌になっちゃう。だから男ってだめなのね」

母はまるでフランス女みたいなことをいった。娘はプロポーズなんてされたこともないのに、どうして母親のほうが何度もそんな思いをするのか。私は内心、面白くなく、

「ものすごーいハンサムで、お金持ち以外からの話は、全部、ぶちこわしてやろう」

と心に決めた。しかし私が意気込まなくても、母にはそういった男性からはアプローチはなく、それ以降も、借金があり老母を抱えているというような男性にいい寄られては、私に相手を見せることなく、鉈で切ったように申し込みを断り続けていた。

結婚へのあせり方が尋常ではなく、自分の事情を相手に押しつけて軽減しようとするおやじたちに、当時、まだ若かった私は、ひどく嫌悪感を持った。

「そんなことくらい、自分で引き受けろよ」

といいたくなった。奥さんがやってくれたことを次の奥さんにもやってもらいたい、ただそれだけのことだ。はっきりいえば、よっぽどひどくなければ、相手は誰でもよかったのではないだろうか。

母は七十歳を過ぎて、ますます巨大な花が咲きっぱなしである。毎週、歌のレッスン、水泳、エステなど、享楽的毎日を送っている。たとえば情にほだされてプロポーズを受け入れ、再婚をしてこんな能天気な生活ができただろうかと考えると、首をかしげたくなる。彼女は動物的なカンで、目の前で二股に分かれている道のうち、将来、自分がよ

りよい方向に向かうほうを選択していたのだ。しかし相手の男性の目の前にあったのは一本道だった。選択する余地などなく、ただ次の配偶者を見つけることしかなかった。これでは男やもめに花は咲くわけがない。現在では、配偶者と別れても身ぎれいにしてガールフレンドも多いといった、花が咲いている男やもめもたくさんいる。私はこの件に関しては、全く部外者なのであるが、男やもめにも女やもめにも、大きな花がたくさん咲いてほしいと願うばかりである。

猫の仔で親の気持ちを思い知る

親の心子知らず

私は若い頃から子どもが嫌いだった。もちろんニュースなどで、理不尽に子どもの命が奪われたり、虐待されたと聞くと、人並みには憤るが、そこいらへんを走り回り、大声を上げ、叱ればぴーぴー泣く、本当にとんでもない生き物だと辟易していた。そして何も考えずに、そんな生き物をぽんぽん生む人々にも呆れ返っていた。きちんと子どもに躾をしている親はまれで、子どもがいくら大騒ぎしても叱ろうとせずに、延々と立ち話をしている。見かねて他の人が叱ると、

「どうしてうちの子をあんたが叱るのよ」

といううような顔でにらみつけ、

「ご指導、ご指摘ありがとうございました」

などという謙虚な気持ちは、爪の先ほどもないのである。

「あんな親が子どもを育てているのだから、子どもがああなるのは当たり前である」

私は深くうなずきながら、とにかく子ども連れの姿を見ると避難し、絶対に近づかないようにした。彼らの行動を目の当たりにすると、腹が立つことばかりなので、精神衛生上、自分の目に触れないように、こっちが逃げることにしたのだ。

それでも目にあまることはたびたびある。うちからいちばん近い図書館に行ったら、そこの子ども室が大騒ぎになっている。子ども室というのは館内の板敷きの部屋で、絵本や子ども向きの本が並べてあるのだ。そこにいた八人の子どもたちは、きゃあきゃあと大声を張り上げて叫び、まるで集団ヒステリーのようなのである。なのに図書館の職員たちは全く注意しようとしない。本を読んでいる人たちも、本に没頭していて聞こえないのか、それとも耳が遠いのか、誰も注意する気配がない。私はそんな状況に腹が立ち、

「図書館では静かにしなさい」

といった。すると子どもたちは、

「静かにするんだってさ」

と一瞬、おとなしくなったが、次の瞬間、また、

「ぎゃーっ」

と大声を上げて子ども室の中を走り回りはじめた。驚いて思わず職員のほうを見ても、相変わらず知らんぷりのままなのだ。

「静かにできないのなら、図書館から出ていきなさい」

くらいのことをいったっていいと思うのに、我関せず。私は入り口に並べてある、子ども用のスリッパをかき集めて、うるさい子どもたちと職員に対して、投げつけたい気分だった。あまりに腹が立ったので、それ以来、時間をかけて別の図書館まで行っている。近くてうるさいところと、遠くて静かなところだったら、私は間違いなく後者を選ぶのだ。

子どもをちゃんと躾けられない親に対しても、私は心の底から嫌悪感を持っていた。ところがあることがあって、親も大変なのだとちょっとだけわかるようになった。それは仔猫を拾ってからである。雨が降っていて、悲しげな鳴き声は二日前から聞こえていたから、そのときはただつかまえるのが先決で、どんな仔猫かというのは二の次だった。家に連れて帰り、獣医さんに診察してもらい、ちゃんと育つかどうかと気を揉み、あれやこれやと猫グッズを買い揃え、ほっと一段落してあらためて猫を見ると、好みとは正反対のタイプだったのだ。

私の好みは丸顔でぽてっと太っていて、気のいい人好きな猫である。ところがうちのは三角顔で体も痩せていて、人見知りがとても激しい。食も細いし神経質だし、とにか

くことごとく、

「こうであってほしい」

という私の望みをうち砕いてくれたのである。部屋の中をかっとび、わがまま放題。

「いけません」

と叱っても、わかっているんだかわかっていないのか、よくわからない。していいことと、いけないことを教えなければならないのだが、それが最初の頃は、なかなか大変だった。ところがいうことを聞かなくても、自分の好みに合わなくても、無性にかわいい。そのときにはじめて、

「子どもを持つということは、こういうことなのかもしれない」

と気がついたのだ。

子どもができたとわかった夫婦は、いったいどんな子が生まれるかと、楽しみにするだろう。こんな子どもがいい、あんな子どもがいい。ああもさせたい、こうもさせたいと、夢も膨らむことだろう。が、だいたい生まれた子どもは親の希望をうち砕くような気がする。美男、美女が結婚をして、周囲の人々がみな、

「どちらに似ても、生まれる子どもは美形に間違いない」

と太鼓判を押したのに、親類で唯一不細工なじいさんに似てしまったとか、父親のこだけは似てほしくないというところが、ものすごく似ているとか、

「こんなはずではなかった」

とあっけにとられているうちに、向こうはどんどん大きくなっていく。待ったなしである。親はいくら躾けようとしても、子どもがすべてそれをおとなしく聞くわけでもない。私はこれまでは、子どもがおとなしく聞こうとしないのは、親の躾が悪いのだと決めつけていた。ところが仔猫を飼ってみると、いくらこちらがきちんとやろうとしても、なかなか向こうは、こちらの思い通りになってくれない。親が躾に無関心な場合は論外だが、ちゃんと躾けようとしても、子どもが全部いうことを聞くわけでもないし、聞かせられないとわかったのである。猫でさえそうなのに、それが人間の子どもとなったら、どれだけ大変になるのだろう。想像するだに恐ろしい。私は猫を叱りながら、

「本当に子どもを持たなくてよかった」

と心から思ったのだった。

幸い、仔猫はすぐに成長し、少しだけ安息の日々が私にも訪れるようになった。しかし人間の子どもは大変だ。先日、私より十歳ほど年上の、お医者さんの奥さんであるお友だちと久しぶりに会って話をした。近県に家があるのだが、都内に家を建てられて、そこの新築のお宅に呼んでいただいたのである。そこで彼女は、

「本当に子どもって……、困ったものだわ」

とつぶやいた。彼女の息子さん二人はすでに成人していて、上は三十歳、下は二十六

歳という立派な大人である。ご夫婦とも教養も高く人格もよく、華美を好まず質素に暮らしておられる。息子さんは二人とも国立大学を卒業し、医者とコンピュータの研究所に勤務されている。一般的に見れば、非の打ち所のない家庭だと思うのであるが、彼女は、

「思った通りに子どもは育たなかった」

と、とほほ顔になるのだ。別に彼らが金髪にして、コンビニの前でずっとしゃがんでいたとか、学校を中退して、彼女を連れてどこかに行っちゃったとかいうわけでもない。ちゃんと偏差値の高い学校に通い、この就職難の時代に、きちんと就職できるような息子さんなのに、

「思った通りに育たない」

といってしまう。それは当の親でないとわからない複雑な感情なのかもしれない。

「夫とも話したんだけどね、これからは、子どものことは考えないで、自分たちのことだけ考えるようにしたの」

「お子さんたちは一人前なんだし、ご夫婦がこれから楽しく過ごせるように考えられたほうがいいですよ」

「この家もね、長男のことで頭にきたことがあって、それでむかっとして建てたの。あの怒りがなければこの家は建たなかったわ」

彼女は怒りのエネルギーのはけ口を、夫婦の終の住処建築に燃やしたのだ。

「親と子の縁は死ぬまで続くから、親は子のためにしてやらなくちゃって思っていたんだけど、子どもって親が思っているほど、ぜーんぜん、親のことなんか考えてないのね。もう嫌になっちゃうわ。だからこれからは夫婦のことだけ。夫婦のことだけ考えるの」

彼女は自分にいい含めるように、何度も繰り返した。

「そうです。それがいちばんです」

私も相槌を打った。

「他のお友だちの家もね、それなりに大変みたいなのよ」

子どもが幼いときだけではなく、成人しても親の苦労は絶えないらしい。彼女が大学のときの友だちと会うと、まず話題に上るのが、家で飼っている動物の話であるという。

「うちのジョンは八歳」

「ミーちゃんは拾って五年になるの」

などと、とっても話は盛り上がる。写真を持参する人もいて、

「わあ、かわいい」

「お利口そうねえ」

と和やかなひとときが流れる。ところがひとしきり動物の話が終わったあと、誰かが、

「あなたのお子さんは……」

と子どもの話題になったとたん、どよーんと彼女たちの表情が暗くなるというのだ。それまで、ジョン、ミーちゃん、はなちゃんなどといいながら、とっても明るい顔をしていたみんなのテンションが急に下がり、

「子どものことは、話題にしないで」

という雰囲気になってしまうらしい。ということはどれだけの子どもたちが、親の意に染まないかということだ。口には出さないが、「恩知らず」と叫びたくなることだってあるのではなかろうか。親というものはありがたいものである。そして哀しいものである。私は猫を通してしかその感覚がわからないのだが、いつまでたっても望み通りにならない、私にとっては子どもがわりの猫を思い出し、ため息をついたのだった。

今も悔やまれる手編みのマフラー

好きこそ物の上手なれ

最近は節約、質素な生活が話題になっている。私も少しでも物を減らし、掃除が簡単なすっきりとした部屋にしようと、そういった類の本を読んでみたりしたのだが、どの本を読んでも共通していたのは、

「余分な物は持たない」

ということであった。といっても生活の楽しみとしてある物は残し、生活雑貨の余分な在庫、着ない衣類などの整理をするという意味なのである。

「ふーむ、なるほど」

私はもっともだとうなずいた。うなずきながら賃貸マンションの、うちのそれぞれの部屋に何があるか、思い出してみた。仕事部屋に積んであるというか、堆積している本の山は、定期的に古書店や図書館の交換本コーナーに置いてくることにしているので、まあ何とかなる。寝室の作りつけのクローゼットの中の衣類は、整理する必要がある。そして和室を思い浮かべたとき、押し入れの段ボール箱に何が入っているか、認識できなかった。たしか五年前の引っ越しのときに押し入れに突っ込んだまま、ほったらかしにしているはずだ。節約関係の本には、一年間、着なかった服、聞かなかったCD、見なかったビデオは処分と書いてあったのに、五年間も放っておき、私の記憶にもなかった物が、必要なわけがない。私はとりあえず、押し入れの物を整理してしまおうと、重い腰を上げて段ボール箱を引きずり出したのである。

中から出てきたのは、ずいぶん前にいただいた外国製のぬいぐるみやドラえもんのおもちゃ、オーガニックのタオル、ビンテージ物ではなく現代のバービー人形と着せ替え服、余ったモヘア糸で編んだプチマフラーなどであった。これらが今の生活にどうしても必要かといったら、そうではない。ぬいぐるみもおもちゃも、それまでに室内に飾って楽しませてもらったし、バービーもビンテージ物のほうは手元に置いてあるが、現代の物は置いておく気はない。しかしこれらの汚れても壊れてもいない物を捨てるというのは、私にはできない。いったいどうしたものかと考えて、バザーに寄付するということを思い立ったのであった。

すぐにインターネットで探してみると、ちょうどこれからバザーを控えていて、品物を募集している団体があった。

「これはいいチャンス」

とそこの団体の募集要項を見ていると、子ども向けのおもちゃなどは需要が多いらしく、

「それはよかった」

と安心した。これで押し入れに押し込められていた品々も、誰かの手に渡って喜んでもらえるのである。

それと並んで、寄付は避けていただきたい物のリストがあった。率直にいえば送られると迷惑な物ということだ。これは大事だ。私は前のめりになって、パソコンの画面に近づいた。まず書いてあるのが、

「汚損の激しい物。壊れている物。ボタン、ファスナーが取れている衣類。洗濯、クリーニング前の衣類」

である。だいたいこんな物を送りつけるほうが間違っている。

「ただであげるんだからいいと思って、ゴミを捨てるようなつもりの人がいるのね」

私は常識のない人々に怒った。次は、

「不揃いになった食器セット。趣味の置物など」

なるほどと思いながら、次を見て目が丸くなった。そこにはしっかりと、

「手慰みの手芸品」

と書いてあったからである。

目が丸くなったあと、私は腹を抱えて大笑いした。「手慰みの手芸品」。これまでどれだけのチャリティーバザーの関係者の頭を悩ませたことだろう。よかれと思って、せっせと「手慰みの手芸品」を作った女性たちと、それをどっさりと送られてきて、困惑している主催者の顔を思い浮かべ、また大笑いしてしまったのだった。

私も手芸関係のことは好きなので、手作りをする人の気持ちはとてもよくわかる。どういうわけだか、手芸というものはひとつ完成させると、

「あーもう、いい」

とうんざりすることがなく、

「次はああしよう、こうしてみよう」

とどんどんと意欲がわいてくる。私も余った毛糸があるのを見て、在庫整理のためにしぶしぶ編んでいても、セーターが編み上がる頃には、また別のセーターが編みたくなり、新しい毛糸を買ってきたりする。それが手芸の楽しみでもあるし、際限がないところでもあるのだ。

私は学生のとき、一目惚れをした男の子に、告白を兼ねてマフラーを編んだことがあった。小学生の頃から編み物をしているので、得意でもあったし、それまでも人に頼ま

れてセーターを編んであげたりしていたので、腕には自信があったのだ。しかし相手の意思を聞かずに、手作りの品物をあげたのは、これが最初で最後である。彼は気を遣って首には巻いてくれたものの、恋は成就しなかった。私は恋が実ったとか実らないとかは関係なく、

「ああいうことをしたのは、間違いだった」

と深く反省した。やってきたことには後悔しない人間なのだが、この一件だけは二十五年たった今でも、悔やまれる。だいたい告白は突然であるから、

「マフラー、欲しいですか？」

と聞けるわけはないのだが、私は彼に渡す前に胸をどきどきさせて、恋の気分が盛り上がっていたのは事実である。きっとそのときの顔は、でれーっとしてしまりがなかっただろう。で、突然、マフラーを渡された男性は、よっぽど性格が悪いか、好きな女性や彼女がいない限り、

「ありがとう」

といって受け取ってくれ、一度か二度、首に巻いてくれるものなのではないだろうか。当時の私はそこまでしか考えてなかった。できればお付き合いまで発展すればよかったのだが、受け取ってもらったところで、私の欲望は達せられたといっていい。問題はそのあとだ。どんなに彼が当惑したか、察するに余りある。彼は私と付き合う気はなかっ

たのである。恋愛感情を持てない女子学生からもらった手編みのマフラー。もしも私が彼だったらば、対処の方法に困り、天袋かどこかに突っ込んで、そこでじとじとと発酵させるしかないような気がする。そして五年、十年とたってから、捨てるような気がする。とにかくそういう思いをさせてしまったであろう彼に対して、私はとても申し訳ないと思ったのであった。

上手、下手どちらにしても、手作り作品は心がこもっていいという感覚は、意識として違うのだとそのときに学んだ。もちろん喜んで出来上がるのを待っていてくれる人には、こちらも丁寧に編むけれども、そうではない人に一方的に差し上げるのは、失礼でもある。好みに合わないのに、

「うれしい」

といわせてしまう事実を考えると、

「とんでもないことをしてしまった」

と頭を抱えたくなるのだ。

バザーの主催者が、

「手慰みの手芸品」

ときっぱりと書いたことは、手芸好きの私にとっても、ある意味ではショックであった。これまでいろいろな手芸の流行があった。アンダリヤ手芸、あっという間にすたれ

てしまったソープバスケット。今はゆび編みが人気があるようだ。その時々で手芸を楽しみ、安らぐ時間を持つ人々がいる。それはとってもいいことだし、私もそういう時間は大切にしたいと思う。

しかしその先が問題なのである。だいたいうちの母などもそうなのだが、たとえば編んだショールを褒めたら、次から次へとショールばっかり編んで、周囲の人に配りたがる。ショール店を開くわけじゃないんだから、セーターとかベストとか、靴下とか、いろいろな種類の物を編めばいいのに、ショールが褒められたとなったら、飽きもせずに編み続ける。ショール以外に自分の編む物はないというくらい何枚も編みまくり、親戚縁者に配っていた。冬用の分厚い防寒用あり、薄手の春先用のものなど、それなりに変化はあるのだが、ショールには変わりはない。私のところにもモヘアで編んだショールが届いたが、娘のは手を抜いたらしく、まるで投網みたいな編み目で、出来も悪かったので、すぐに解いて毛糸に戻した。配られた中には喜んだ人ばかりではなく、迷惑になった人もいたことを想像すると、申し訳ない気持ちでいっぱいになるのだ。

バザーに送っちゃったのは、楽しんで編んだのはいいが、ふと気がついたら山のようになった手芸品があることに呆然とした人。あるいは主催者側が迷惑だと想像することなく、バザーに提供するために、よかれと思って日々作り続けた人のどちらかであろう。山のようにたまって、在庫整理も兼ねて送った人はともかく、よかれと思って作り、実は全く喜ばれていなかった人は気の毒でならない。時間をかけ、心をこめて作ったのに、送るなといわれてしまっているのである。実用性があってセンスもよく技術もすばらしい、既製品とも遜色のない出来の物であったら、バザーの商品として立派に成り立つはずだ。しかし「手慰みの手芸品」にはそれがないと、主催者側はきっぱりと判断したのである。「好きこそ物の上手なれ」という言葉があるが、それはこの場合、絶対にあてはまらない。私はちょこちょこっと編んで、しまっておいたままのマフラーをバザーに送るのはやめ、「手慰みの手芸品」という言葉を心に刻みつけたのであった。

不動産に負ける現代の男性たち

女三界(さんがい)に家なし

多くの日本人にとって、家を買うのは人生の大仕事である。家は三軒建ててみないと気に入った物は出来上がらないなどというが、よほど経済的に余裕がある人でない限り、一生のうちに三軒の家を建てるのはまず無理だ。サラリーマンは妻子のため、自分の一生をかけて家を買う。それもあちらこちらを切りつめてだ。子どもには教育費はかかるし、賃金は上がらない。会社に勤め続けられるのならまだしも、いつ何時、リストラされるかもわからない。そんな中でもこの狭い日本で、地べたや自分のための部屋を手に入れようとするのである。

私は、自分が持ち運びできるような物はともかく、簡単に持ち運べない物を所有するのが嫌いである。それに税金が付随する物はもっと嫌いである。免許も持っていないし、家も持たずに気楽に生きようとしていたのだが、母と弟に強引に家を建てられてしまい、ローンを払う身になってしまったのは、一生の不覚であった。私はそこには住まないので、家の設計や内装にはノータッチだったのだが、母が送ってきた完成写真を見たら、手を抜かれたのか、上物担当の弟が金をけちったのか、

「何だ、こりゃ」

というような代物になっていた。ものすごくひどくはないがよくもない。つまり私にとってはどうでもいい家になっていたのである。

仕事場を借りていた三年ほど前、隣地でマンション建設がはじまった。大手の会社の分譲物件だ。仕事の中休みに窓から建設現場を見ていたのだが、あまりに簡単に建てているので、怖くなってきた。基礎工事も地中深く鉄骨を打ち込むのが当たり前と思っていたのに、ちょっとだけ掘り下げて、そこにとても太いとは思えない丸い鉄棒を格子状に並べ、コンクリートを流し込んで固めている。木造アパートではなく、建てているのは三階のマンションである。内部にはやたらと安っぽい木の板が使われ、ちょっと見ると、軽量鉄骨の大型コーポを建てているような感じだ。驚いているうちにどんどん建設は進み、外見だけは立派に造られて、購入者を待っている。

自宅のマンションの向かいにも、二十坪ほどの建て売り住宅が六軒建ったのだが、どの家も隣とは六十センチほどしか離れておらず、そこの建て方もひどいものだった。木

造の三階建てが、まるで鶏小屋のように簡単に建った。それなのに六千万円もするのである。知り合いの不動産屋さんに聞いたら、

「あのような建て方をしていると、不都合があっても建て直しはできないですね。内装をいじりながら、だましだまし住むしかないんじゃないでしょうか」

といっていた。そこの住人は若夫婦と幼い子どもという家族がほとんどなのだが、あの造りではとても子どもの代には渡せないというのが、専門家の意見であった。

不動産は本当に高い買い物だ。昔は独身の女性がマンションや家を購入したくても、ローンが借りられなかった。それが最近では、若い女性も借りられるようになった状況自体は喜ばしい。私の周囲でも若い女性が次々にマンションを買いはじめている。それも妻子持ちのおじさんのように、通勤に往復二時間というのではなく、通勤圏内の便利な場所に買っている。頭金は親がかりという人もいるが、自力で頭金を貯めて、がんばっている女性も多い。彼女たちは、

「これでもう、『結婚』という二文字は、私の人生からなくなったということですね。会社の人たちからも、『とうとうあきらめたんだね』なんていわれてます」

という。中にははっきりと、

「へなちょこの今の男より、たしかにお金はかかりますけど、不動産のほうがはるかに自分の心に平穏を与えてくれますよ」

といった人もいる。現代の男性は分譲マンションに見事に負けているのである。

自由業のある若い女性は、二十代のときは賃貸マンションに住んでいた。のちに恋人ができて、彼もひとり暮らしをしていたのだが、いつの間にか彼女の部屋に転がり込んできて、同棲するようになった。付き合いも三年、四年になると、お互いの感情がぶつかるようになり、喧嘩のときには暴力もふるわれ、彼女はうまくいかなくなってきたと感じていた。それも理由のひとつになっていたのかもしれないが、彼女は三十代に突入し、家賃を払い続けるのならばいっそのことと、貯金をはたいて頭金にし、マンションを購入することにしたのである。ところが購入したとたん、自分名義の新築のマンションに、彼と引っ越すのは嫌だと、

「さっさと出てって」

と賃貸マンションから叩き出した。もちろん彼には購入したとは話しておらず、いったい何が何だかわからなかったに違いない。しかし私はこの話を人づてに聞いて、

「はっきりしてていいねえ」

と彼女の味方をしたのであった。

一生懸命に仕事をしてお金を貯め、彼女はまっさらな新築マンションを都内に購入した。ちゃちな物件は嫌なので、信頼できる友人の親が建てたマンションを買った。ローンのことを考えると不安にもなるだろうが、それ以上に彼女には、自分でやったという

達成感があったはずだ。多くのひとり暮らしの女性のように、彼女も最初は六畳一間のアパートからはじまり、それがマンションになり、間数も増えといった具合に、だんだんグレードアップして、マンションを手に入れられるようにもなった。それは彼女の甲斐性である。ある分野で認められたのは彼女の実力だ。自分自身のためにマンションを買い、これからもがんばろうと思っている新しい部屋に、うまくいかなくなってきている男と住むのは、どう考えてもふさわしくない。同棲は男女双方の合意のもとによって行われ、最初は、

「ひとつ屋根の下にいて、とってもうれしい私たち」

だったのが、

「どうして私の部屋にただで住んでるのさ」

になった。男性には気の毒だが、私には彼女の気持ちがよくわかるのだ。

たとえは悪いかもしれないが、彼女にとって彼は、引っ越しのときに捨てようと思いつつ、それなりに便利に使っていた、手頃な値段の隙間家具みたいなものだったのではないだろうか。自分の趣味にちょっと合わなくなってきたんだけど、置き場もいちおう決まっているから使っている。しかし新しい場所に引っ越すとなったら、部屋にも合わないし、もう必要はないので捨てようと、きっぱり決意する。そうしないといつまでもこの隙間家具を持っていることになりそうだったからだ。そしてまだ使えるのに、隙間

家具は捨てられてしまった。でも状態のいい隙間家具だったらば、またリサイクルで誰かが使ってくれるだろうから、まあ、何とかなるであろう。

「女三界に家なし」という言葉がある。子どものときに、母や大人たちの会話にこの言葉を聞いても、「三界」の意味がわからず、

「木造の家に三階を造るのは大変だから」

とご近所の木造住宅を見てうなずいていた。ちょっと大きくなって、辞書のうしろのほうにくっついていることわざのページを見て、三界が三階ではなかったことを知り、

「こんな言葉があるのか」

と驚いた。女は若いときは父親に従い、結婚したら夫に従い、年老いたら子どもに従う。この世界のどこにも、安住できる場所はないという意味である。が、私が住んでいた家は借家だったし、父の趣味と経済的事情から、借家の引っ越しを繰り返していたので、

「『女三界に家なし』どころではなく、うちの場合は『男三界に家なし』だな」

などと考えたりもした。

だいたい今の女性は、若いときも父親には従いもしないし、ましてや結婚したら夫におとなしく従うわけでもない。若い人を見ていても、男性よりも女性のほうが行動力が勝っていたりする。これは女性だけに当てはまることではないが、自分の家を手に入れて、本当に安住できるのだろうか。形は整うかもしれないが、問題は中身なのだ。

　家を欲しい人々が不動産を買えるようになったのは、本当に喜ばしい。しかし現代ではそれは安住のための切符ではない。もしもそれによって、自分の人生は安泰だと感じたり、持っていない人よりも自分が金持ちになったと錯覚する人がいたら、そのほうがもっと不幸だ。私はたまたま粗雑な建て方をしている物件を見てしまったから、よけいにそう思うのかもしれないが、正直いって、安く物件を買ったと喜んでいる女性たちを見ると、

「あなたたちの一生を、こんなちゃちな物にかけていいの」

と喉まで出そうになる。でも欲しい人はそれでも欲しいのだ。

あらためて「女三界に家なし」という言葉を、現代と照らし合わせると、

「結局はこの世のどこにも、安住の地などはないのだから、自分を持って生きろよ」

ということではないのかと考える。世の中が不安定であるからこそ、自分自身が大切なのだと教えてくれているのではないかと思えてくる。

「手が届くようになったから、ちょっと無理して買っちゃおうかしら」

と不動産に飛びつくのは、あまりに簡単で世の中に流されすぎているのではないだろうか。実家の三分の二は私の名義ではあるが、「女三界に家なし」を胸に刻み、不動産ごときに振り回されず、自分の判断基準をしっかり持って、ちっこい目を見開いて、これからを過ごしていこうと思っている。

税務署と身内が忍び足でやってきた

金は天下の回り物

お金というものは人間が生きている間、つきまとうものである。私が生まれ育った家は、父がサラリーマンではなく、自由業だったので、定収入があるわけではなかった。そのうえ財布を母に渡さず、母はいつもやりくりに苦労していた。それを見ていた私は、「会社に勤めないで定収入がないということは、大変に生活が難しいということなんだ。私は学校を卒業したら、絶対に会社に勤めてお給料をもらおう」と思っていた。自由業といわれるような職種に就くなんて想像もしていなかった。今度いつお金が入るかという、スリルとサスペンスにあふれた生活はできないはずだったのに、どういうわけだか今はどっぷりとそれにつかっている。年齢を考えると、これから別の職業に転職できるわけもなし、このままずっと続けていかなくてはならないのだ。

私は三十歳で会社勤めをやめた。そのときはさすがに能天気な私も半年間、悩み続けた。すでに原稿を書く仕事ははじめていて、給料とは別に、原稿料収入もあった。しかし私はやめる半年前までは、会社に居続けるほうがいいと考えていた。物書きよりも編集者になりたかった。原稿を褒めてもらっても、それなりにはうれしかったが、

「はあ、そうですか」

と他人事のようだった。勤めていた出版社では全く性分に合わない経理の仕事をしていて、そういった状況には満足はしていなかった。社長に相談したところ、

「経理は信頼している人にしか、まかせられない」

といってもらったが、自分がやりたくない仕事だというのは事実だから仕方がない。

「経理は経験者の人を雇ってもらって、私は編集に回してもらえないか」

とたずねると、

「編集をやったら、忙しいから原稿は書けなくなるよ」

といわれた。本当にそうだった。会社にいる間は、会社の仕事をして原稿は書かないようにといわれていたので、定時になると私は後も見ずに家に帰って、原稿を書いた。もしも編集担当になったら、時間は不規則になるだろうから、もちろん原稿を書く暇はない。それから毎日、考え続けた。勤めていた会社は好きだったし、子どものときからスリルとサスペンスにあふれた生活の辛さは知っていた。ただ会社をやめるとかやめな

いといった単純な問題ではなく、三十歳を前にした一人の女が、これから自分の一生をどうするかという、重大な選択を迫られたのである。

自分が会社をやめて、物書き一本でどれだけできるかどうかわからない。今の会社に勤め続けたら、潰れない限り私の身は保障されるだろう。意地悪な上司はいないし、セクハラなんかもちろんない。給料が安いという点を除いては、他のOLたちに比べて、とても恵まれている職場だった。

いつまでたっても結論が出なかった。しかし会社に行けば仕事があるし、家に帰れば仕事が待っている。休みはほとんど潰れた。睡眠時間も一日三時間くらいで、会社にいても頭がぼんやりしてきて、業務にも支障が出てくるようになり、会社をやめるか原稿を書くのをやめるか、どうしても選ばなくてはならない状況に追い込まれてしまったのである。

当時、私は連載を何本か持っていた。書き下ろしも頼まれていた。他社の編集者からは、

「いつ会社をやめるんですか」

と顔を合わせるたびに聞かれる。

「いや、あの、まだ、決めてなくて」

いつも私はしどろもどろになっていた。あるとき出版社の役員の方が真顔で、会社は

やめたほうがいいとアドバイスしてくださった。そのとき私の原稿料収入は、給料の三倍以上あった。それを聞いた彼は、

「やめなさい」

　ときっぱりといった。

「はあ、そうですか」

　結局、会社をやめることにしたのだが、その理由は、会社に勤めていると定時に出勤しなければならないが、自由業だといつまで寝ていても文句はいわれない。それに現時点では月給は世間の平均よりは少ないとはいえ、原稿料はその三倍以上ある。しかしそれがいつまでも続くという保障はないのだが、たとえあっという間に原稿書きの仕事がなくなっても、アルバイトでも何でも、生活する術（すべ）は何かあるだろうと考えたのだった。

　そしてそのまま、今日まで来てしまった。満員電車に乗らなくていい利点はあるが、朝はゴミを出すために早く起きなくてはならないし、生活のリズムができてしまったので、一日のタイムテーブルが、日によって大幅に変更されることはほとんどない。食事の時間も家事をするのも寝る時間もほぼ決まっている。自由業の気ままで呑気（のんき）な生活というよりも、家庭内に会社があるというような感覚になってきたのである。

　幸い、仕事は途切れることがなく、大勢の人に本を読んでいただけるようになった。確定申告のときに、驚くくらいの年収にもなった。しかしそこで足音を忍ばせてやって

きたのが、税務署と身内であった。会社勤めのときは天引きされているし、会社をやめてすぐはそれほど負担になるような税額ではなかった。ところがここ数年は年収の六割近くは税金として取られている。税金は有無をいわさずだが、身内も同じように、私から金銭を奪い取っていく。特に母は昔苦労した分を、娘から取り戻そうとしたのか、ものすごいお金の遣い方だった。もちろん私も物を買わなかったわけではない。好きな着物は買い続けていたし、きれいな指輪があると買ってしまった。洋服を値段を見ないで五枚、買ったこともある。リストラされた人々の苦労や、ハローワークのニュースを見聞きすると、自分のしていることを反省して、胸が痛んだこともある。しかし私には免罪符があった。

「自分が稼いでいる金を自分で遣っている。誰に迷惑をかけているわけでもなし、いったい何が悪いんじゃい」

と自分を正当化していた。しかし身内は我慢しない。もちろん私だけでお金を抱え込む気はさらさらなく、それなりのことはしたいと思うが、してあげようと思うより先に、当たり前のように奪い取ろうとするので、腹が立つのである。私が目についた物を買ったとしても、母の遣った金額には遠く及ばない。大学の学費もアルバイトをして自分で払い、親に物をねだったことがない私が、どうしてこんな目に遭わなくちゃならないのかと、我が身を恨んだことがあった。あまりに湯水のように私の口座からお金が引き出されるので、これまでどれだけ母に遣われたかを計算してみたら、実家の土地代と月々の高額な小遣いも含めて、すでに家三軒分に達していたと発覚し、あまりのことに失神しそうになった。別なところで母親の金遣いについて書いたところ、それを読んだ読者の方から、

「それはとてもまともな状態だとは思えません。失礼ですがお母様はすでに呆けていらっしゃるのではないでしょうか。私は素人ですが専門家にお診せになったほうがよろしいかと思います」

　というご丁寧なお手紙をいただいた。呆けているのなら、病気だからとまだあきらめられるが、残念ながら母は呆けていないのである。ぎっちりと欲望にまみれて、俗っぽく生きているのだ。私も母のように着物を着て声楽を習い、週に一度エステに行って、スポーツクラブで汗を流す生活をしてみたいと思うのであるが、母の散財が災いして、現在では税金の支払いすら遅延するような、逼迫した経済状態になっているのである。

「こんなことなら、同年配のOLよりもちょっと多いくらいの年収で、細々とやっているときのほうが、ずっとよかった」

　私は何度もため息をついた。その当時は身内もたかってこなかったからである。もしかしたら世の中のおじさんたちは、こんな気分なのかなと思ったりした。会社で一生懸命に働いて、それを妻に渡す。妻子はそれなりに楽しそうにしているが、自分にはほと

んど見返りがない。それでもおじさんたちは働き続ける。つまり私は家長のおじさんなのである。それでは権限を行使しようと、この間、母には「ハウス」を命じた。「ハウス」と私がいったら、母は大好きなデパート主催の京都呉服ツアー、海外旅行、豪華宝飾品の展示会に行ってはいけない。そして税金が払えないので、しばらく小遣いはなしと申し渡した。これまで小遣いはほとんど遣わず、私のカードで物を買ったあげく、まとまった額の定期預金を隠匿しているのがわかったからだった。

私自身も「金は天下の回り物」と考えるタイプなので、貯蓄型の性格ではない。貯金通帳の数字が増えることを楽しむより、日々の楽しみにお金は遣いたい。でもそれは限度がある。娘の財政が逼迫するほど、身内が金を遣う必要はないんじゃないかと涙目になる。しかしいつまでも涙目になってもいられないので、もう一度、「金は天下の回り物」とつぶやいてみる。

お金のことをお足というのは、人間の体も足を使わないと本体に影響してくるように、お金も遣わないと自分のためにならないという意味もあるらしい。私はこれらの言葉が心の支えだった。預金からどっと引き落とされるたびに、「金は天下の回り物。お足は使わないとだめ」とつぶやき続けた。しかし私のお足は、あまりに使いすぎたために、途中で疲れ果てて戻ってこられなくなってしまったようだ。遣われた分はいつまでたっても埋め合わせができない。税金の季節を前にして、私は通帳を見ながら、

「おーい、お金って本当に天下の回り物なのか？」

と出ていったお足に呼びかけるのであった。

動物たちも縁があってやってくる

袖すり合うも他生の縁

飼っている動物が亡くなるのは悲しいものである。飼い猫のヒマラヤンのチビの具合が悪くなったと、高校のときの友だちから電話をもらったことがある。その猫は長毛の純血種だというのに、山の中で行き倒れていた。体はがりがりに痩せていて、ぼろのぬいぐるみが捨てられていると見えたくらいだった。運よく猫は心ある人に見つけられ、病院に連れていってもらい体調を持ち直した。そして縁あって彼女の家にやってきた。

チビは子どものいない彼女夫婦にとってもかわいがられた。長毛種でも不細工なのはいるが、チビはとっても愛嬌があり、見るからに性格がよかった。どうしてあんな山の中に行き倒れていたのかと考えてみたが、純血の長毛種がそうなるのはちょっと信じられない。いろいろと理由を考えてみると、ふとどきなブリーダーが処分のために放置したか、去勢をしていなかったので、盛りがついたときに家を飛び出したものの、帰れなくなったのではないかという結論に達した。しかしもうそんなことはどうでもよく、チビは本当に幸せに暮らしていた。旦那のほうは家に帰るとずっとチビを抱っこしたままだった。私が遊びに行ったときは、たまたま一週間ほど前にやってきた男性が、チビを無理やり抱っこしようとしたことがあり、来客に対して怯えていたので、触るのは遠慮したが、事前に写真で見ていたとおり、かわいい顔をした子だった。そのチビが病気になったというのである。

ある日、彼女はチビの食欲の減退に気がついた。今までは大型の猫缶を一日二缶と、それとは別にドライフードも食べていたのが、半分も食べなくなった。おかしいと思って体に触ってみると、びっくりするくらいに痩せている。毎日、体には触っていたが、見た目がふわふわしているので、気がつかなかったのである。あわてて獣医さんに連れていって検査をしてもらうとすでに、

「こんなに腎臓の数値が悪いなんて信じられない。生きているのが不思議なくらいだ」

というほどの状態の悪さになっていた。普通であればそれだけ数値が悪いと、顔にむくみが出るなど、明らかに兆候が見られるのに、チビには全く見られない。しかし状態が悪いことはたしかなので、

「明日から毎日、点滴を打ちにきてください」

といわれた。彼女はあまりのことに、呆然とするばかりだった。もしかしたら検査の結果は間違いだったかもしれないと、御飯をあげてみたが、以前のようには食べない。以前のようにとはいっても、小食の猫くらいに食欲が落ちたという程度である。

「やっぱり具合が悪いのかしら」

間違いであってほしいという気持ちと、状態が悪いのは本当かもしれないという気持ちが入り交じって、彼女はいったいどうしていいかわからなかった。会社から帰ってきた彼にも説明し、それから夫婦で猫の治療に専念することになった。彼が病院にチビを連れていくために、定時に会社を出る口実も、猫のために帰るとはいえないので、妻の具合が悪くなったことにした。点滴を打ってもらうと食欲も出る。それはとってもうれしいことなのだが、並行して検査をすると、数値は悪い状態の中で多少よくなる程度で、安全な数値までは改善されない。医者からは、腎臓は一度悪くなると、完全には治らないといわれていたが、それでも二人はチビを助けたい一心で通院し続けていた。

そこで問題が起きた。動物には保険がないので、病院に行くと人間とは比べものにならないくらいお金がかかる。彼女たちが猫のために遣った金額は、ひと月三十万円にもなった。都内に家を建てたばかりの彼らには、とても痛い負担だ。相手は生き物だし邪険にはできない。しかし二人には生活もあるのだ。

「これからもこういう治療を続けていいのか、不安になるのよ。もしかしたら他に早く治る可能性がないかと思って……」

彼女はとても辛そうだった。彼のほうは、

「先生にお願いしているんだから、このままでいいじゃないか」

といったという。私は両方の気持ちがわかり、即答はできなかったが、とりあえず動物病院に詳しい人に聞いて、何軒か病院を調べてみるといった。話をするとすぐに数か所の病院をリストアップしてくれて、私は彼女にそれをファクスした。

「たしかに食べなくなったのは本当なんだけど、点滴を打ったあとは少しだけど食べるのよ。ずっと横になっているわけでもないし、ソファの上にいつものようにおとなしくじーっと座ってるの。とてもそんなに具合が悪いとは思えないんだけど」

見るからに弱っているというのならともかく、食が細くなり痩せた以外には、全く変わらない。お気に入りの本棚の上の場所にも飛び乗ったりしているし、

「検査結果を見ると納得するんだけど、ふだんはそんなふうには見えないの」

と彼女は何度も繰り返した。

五日後、せっかくリストを送ってもらったのだけど、連れていけそうにないと彼女から連絡があった。猫の口内炎が悪化して食事がとれなくなり、車で点滴に行ったら酔ってしまったという。帰り道、彼女は車に乗らずに猫を抱っこして戻ってきたのだった。

「それは遠くまで連れていかないほうがいいかもしれないわね」

彼女はこちらの手を煩わせたことに対して、しきりに恐縮するので、

「あなたも無理しないでね。あなたが倒れたら大変なことになるから」

と励ました。親の介護をしている人にいうのと同じだった。私はもしかしたらチビの病状は相当に進んでいるのかなと思い、こちらから電話をするのは控えることにした。そして点滴をはじめてからちょうど二か月目、チビは息を引き取った。彼女たちの家にやってきてから二年半だった。同じ猫を飼っている立場としては、いつか来る日とは思いながらも、彼女たちの悲しみは察するに余りあるものがあった。

「これまであげていた御飯が悪かったんじゃないかしら。もうちょっと飼い方を変えれば長生きしたかもしれないわ」

彼女は自分を責めた。

「そんなことはないわよ。一度は山の中で死んだのと同じだったのに、拾ってもらってかわいがってもらって、とっても幸せだったわよ。チビも感謝しているわよ」

そう私は慰めた。「袖すり合うも他生の縁」というが、人間同士だけではなく、人間と動物にもそれはある。チビは運よく命を拾ってもらい、彼を心からかわいがってくれた彼らの家に縁があってやってきたのだ。

「それに最後まで親孝行だったじゃないの」

治ってくれればそれがいちばんなのだが、治るあてもない治療をずっと続けることの、

経済的な不安と、助けたい気持ちの間で、彼女はずっと悩み続けていた。

「実はあとひと月続いたら、本当にどうしようかと思っていたの。途中でやめるわけにはいかないし。そういうこともわかっていたのかもしれないわね」

彼女は涙声になった。私はお供えするために、花屋さんからバスケットにアレンジしたお花を送ってもらった。

「お骨にしてもらうときにね、フリージアを一輪持たせたんだけど、いただいたお花にそれと同じ色のがあって、ああ、同じだって思ったのよ。迷わないで天国に行ってくれればいいんだけど」

彼女はお礼の電話でまた泣いた。

ところが彼女は泣いてばかりいるわけにはいかなかった。彼がものすごく落ち込み、毎日、涙にくれるようになったからである。治療中はどちらかというとクールだったのに、いざ亡くなってしまうと、彼が受けたダメージのほうがきつかった。

「あまりに彼が悲しんでいるから、私は家で泣く暇がなくてねぇ、慰める一方になっちゃったのよ」

火葬にしてもらったあと、四十九日が過ぎたらお骨を埋葬するようにといわれても、

「絶対だめ。家にずっと置いておく」

といってきかない。会社にいるときは忘れているのだろうが、家のドアを開けて大喜

びで迎えてくれていたチビがいなくなった現実を思い出し、またがっくりと肩を落としてしまうという。チビが亡くなってから彼女のほうは、悲しいけれど、亡くなってしまったのはしょうがないと割り切る様子が見えたが、彼はそうではなかったのである。

「次の猫を飼うのって、やっぱりチビに悪いことかしら」

彼のあまりの落胆ぶりを見た彼女は、少し心配になってきたらしい。

「それはないんじゃないの。縁があったら飼えばいいわよ。飼い主が自分と同じように新しい子をかわいがってくれたほうが、いつまでも悲しまれているよりも、ずっといいんじゃないのかなあ」

「そうよね、それでいいよね。私も縁があったらまた飼おうと思ってるんだけどね」

人にはそういえるが、私はいざ自分の飼っている猫が亡くなったら、そう考えられるかどうか自信がない。動物に興味がない人には想像できないかもしれないが、動物も一匹、一匹性格も顔立ちも違う。買うにしてももらうにしても拾うにしても、何らかの縁があって家にやってきて、そこで一生を終えるのだ。縁とはあらためて考えるととっても不思議なものだ。

動物を飼うと腹を立てたりすることも多いのだけれども、せっかく縁あってやってきたのだから、お互いに楽しく過ごせるようにやっていかなければと、私もあらためて思ったのだった。

天国のチビが結んだ不思議な縁

楽あれば苦あり

　前回、愛猫のヒマラヤンのチビが亡くなってしまい、傷心のまっただ中にいる友だち夫婦のことを書いた。その後、いったいどうしているか電話をかけてみようかと思うものの、私は受話器を持ち上げた手を何度も元に戻した。悲しい思いをしているときに、あれやこれや聞くのは問題かもしれない、でも雑談をしていたら気がまぎれるかもしれないなどと、いろいろな考えがぐるぐると頭の中をかけめぐったのだが、

「こういうときは、何もしないほうがいいかも」

　とそっとしておくことにしたのだ。

　そしてついこの間、彼女から電話がかかってきた。

「どう、彼は元気になった?」

と聞くと、彼女は、

「うん、あのねえ、やっぱりねえ……。猫、飼っちゃったの」

と遠慮がちにいう。

「よかったじゃない。じゃあ、彼ももう大丈夫ね」

「そうなの。毎日、大変なんだけどね。二匹いるから」

「二匹？」

「うん、そうなの」

彼女はまだ亡くなったチビを気にかけていた。亡くなってすぐに次の猫を飼ったことに対して、

「チビに悪いんじゃないだろうか」

と気を遣っていた。

「だから、いつまでも悲しんでいるよりは、新しい猫が来て、チビ以上にかわいがってあげれば喜ぶわよ」

「うーん、正直いってちょっと早いかなって思ったんだけど、縁があったからねえ」

彼女の声も心なしか明るくなっていて、私はほっとしたのであった。

チビが亡くなってから、相変わらず二人は傷心の日々を送り、彼のほうはよりダメージを受けていた。チビがお気に入りで座っていたリビングのクッションや、マットが目

に入ると、涙がじわーっと出てくる。クッションやマットはそのままなのに、上にのっていたチビはいないからである。外から帰ってきても、廊下をとっとっとっと走って、出迎えてくれる姿はもう見られない。こういう状況に慣れなくちゃと彼女が思った矢先、夕食のときに彼がぽつりと、

「たくさん猫がいるのを見たい」

といった。

「どうして」

「とにかく猫がたくさんいるのを見たいんだよ」

「えっ、じゃあ、どこか大きなペットショップにでも行ってみる？」

彼女が聞くと、

「ここに行きたい」

と彼はキャットショーのお知らせを見せた。キャットショーがあるとは知っていたが、見たことはないので、二人は連れだって見にいくことにしたのである。

会場には彼の希望通り、たくさんの猫がいた。ショーに出場するくらいだから、お手入れも顔立ちも血統も万全。

「うわあ」

とびっくりするような猫がたくさん、ケージに入れられて出番を待っていた。今はた

くさんの猫の種類があって、彼らが見たこともない猫もたくさんいた。毛がなくて裸みたいな猫もいるし、パンチパーマみたいな毛並みの猫もいるし、長毛でとてつもなく大きく、まるで犬かと思うような猫もいる。その種はあまりに大きいので頭が上につっかえるため、みなお辞儀をしているような姿でケージの中に入っているのだった。

「あっ」

彼が叫んだ。ふと見るとそこには亡くなった猫と同じ、ヒマラヤンが優雅に座っていた。

「チビだ……」

彼がそういったとたん、夫婦の会話は途切れてしまった。彼の「たくさんの猫が見たい」という言葉が、それを暗示していたのかもしれないが、二人はもう矢も楯もたまらず、猫が欲しくなってしまったのである。

私も実家で飼っていた猫が亡くなったあと、同じようなキジトラの猫を見ると、

「トラではないか」

と一瞬、錯覚したことがあった。よーく見ると、似ているがやはり違う。そこでまた、

「そうだ、トラは亡くなったんだっけ」

と思い直した。しかしうちの母は、

「あなた、トラちゃんでしょ、そうでしょ」

などと話しかけ、猫に驚かれたりしていた。ふだん、生活をしているときは忘れているのだが、同じような猫を見ると、はっとさせられた。それはずいぶん後まで続いた。いくら猫が亡くなったことを忘れようと思っても、実際に見てしまったら、どうしようもなくなるのは仕方がないことだ。そして二人はショーから帰ってすぐに長毛種を扱っているブリーダーを調べて、仔猫を見せてほしいと連絡を取った。長毛種ということだけは決まっていたが、ブリーダーはヒマラヤンだけ、ペルシャだけと決まっている人が多く、複数種を扱っている人は、そのとき一人だけしか見つからず、とにかく二人は急いでブリーダーの家に向かった。のんびり捜すというよりも、今すぐという気持ちになっていたのである。ブリーダーの家は、チビが死にかけていたところを助けられた山のすぐそばで、途中、

「ああ、まるでチビが僕たちを呼んでいるみたいだ」

と彼は何度もいいながら、車を運転していた。

ブリーダーの家には、メインクーンと、ラグドールという二種類の猫がいた。三か月、四か月といった仔猫が、元気に走り回っている。彼女はまず、亡くなったチビの写真を見せて、

「この子はあそこの山で行き倒れになっていて、それを引き取って二年半、飼っていたんですけれど、この間、亡くなったんです。こんな雑種じゃない猫が、山で行き倒れて

いるなんてあるでしょうか」

　と聞いた。するとブリーダーは写真を見て、

「これは古い形のヒマラヤンですね」

といったというのだ。私は家に迷い込んできた雑種しか飼ったことがないので、純血種の定義には疎いのだが、同じ猫種でも新しい形、古い形があるなんてはじめて知った。かわいい猫ならば、旧型だって新型だって、何だっていいじゃないかと思うのだが、純血種を重んじる人の中には、旧型ではなく新型をありがたがる風潮もあるのだろう。ともかく二人は元気に走り回る仔猫を見て、どの子を連れて帰るか眺めていた。二人に興味を示して、相性がよさそうなグレーの濃淡のキジトラ風のオスのメインクーンがいたので、その子と一緒に遊んでいると、背後から視線を感じた。大人のラグドールがじーっとこちらのほうを見ている。

「あの子は大人ですねえ」

　彼女がいうとブリーダーは、

「ええ、一歳四か月のメスなんですけど、実は返品されちゃったんです」

　と困った顔をしていった。

「どうしてもこの子はうちになつかない」

　と返されたというのだ。

「大人になってから戻ってきたので、他の猫のテリトリーがすでに決まっているから、この子のいる場所がないんですよ」

どの猫からもいじめられていたのだが、彼女たちが連れて帰ろうかといっていた仔猫とだけは相性がよく、いつも仲よく遊んでいるという。ラグドールとしては、二人にお友だちが興味を示しているのを見て、心配になってじーっと見ていたらしいのである。

それを聞いた二人は、ぐっと言葉に詰まってしまった。彼女は、

「ねえ、私たちがこの子を連れて帰ったら、あの子はどうなるんだろうね」

と小声でいった。

「一匹だけの友だちがいなくなっちゃうんだよ。いじめられているっていってたし。かわいそうだよ」

彼のほうも心配そうだ。そこで二人はこそこそと相談をし、ブリーダーに、

「あの、それでは、この子と、あの大人の子と二匹、いただいていきます」

と宣言したのである。仲のいい二匹を引き裂くことは、二人にはとてもできなかったのだ。

「ええっ、この子も連れていってもらえるのですか」

ブリーダーは大喜びだった。

「ありがとうございます。この子はこのケージにしか入らないので、どうぞこれを持っ

ていってください。あ、それと餌も好きなだけお持ちになってください」

仔猫一匹を連れて帰るはずが、帰りにはものすごい大荷物になっていた。体重八キロの大きなラグドールのおまけまでついてきたからだった。

私はその話を聞いて、

「いいことをしたわねえ。チビも喜んでくれているわよ」

といった。返品されたラグドールも、メインクーンもお友だちと一緒で、これから毎日、楽しく幸せに過ごせるだろう。後日、送られてきた写真を見たら、二匹とも、とってもかわいらしくて、心から幸せそうな顔をしていた。

「楽あれば苦あり、苦あれば楽あり」というけれど、彼女たち夫婦も辛い毎日を乗り越えて、幸せな日々がまたやってきた。返品された血統上の名前がアズキちゃんというラグドールも、クルミちゃんと名付けられて、今は平穏な日々を送っている。私は人も猫もみんなが幸せになって、本当によかったと心からうれしくなった。

脳は私を甘やかし、体は警告する

腹八分に医者いらず

人間、男も女も中年になればどことなく体型がもたっとするものだ。どことなくではなく、はっきりもたついている場所がわかる場合もある。そしてそこは悲しいかな、肉がつくのはものすごく早いが、取るのはとっても大変という、とっても面倒くさい部位ばかりである。背中、脇腹、二の腕、太股、下腹、顎（あご）。中には首の後ろがたるんでいる人までいる。他人事ながら、

「こんなところにまでついた肉を、どうやって落とすのだろう」

と気になって仕方がないのである。

私は現在、身長が百五十センチそこそこで、体重が四十九キロである。体脂肪が二二パーセントで、いちおう普通の範囲内に入っているので、まあいいかと思っているのだ

が、プロポーションという点においては、相当に問題がある。実は三十八歳のときに交際していた男性と別れ、その後、毎日まんじゅうを食べていたら五十六キロまで増え、あわてて間食をやめ、その後、ダンベル体操などをして現在に至っている。さすがに腹の位置まで戻ったのはいいが、その結果、ますます乳が垂れてきた。ただの皮膚の偏置までは垂れていないが、横になって見ると、とても乳とは思えない。ただの皮膚の偏りみたいなものになってしまった。あせって寄せて上げる下着もつける気はないし、

「もう、どうでもいいや」

と野放し状態になっている。適正体重になって胸もあるというおめでたい結果には絶対にならない。私の場合、どちらかを捨てないとだめらしいのであった。

先日、同い年の友だちが断食道場に入った。彼女は会社のオーナーなのだが、十年ぶりに十日間の休みをとって、それを旅行やショッピングではなく、断食に費やしたのである。彼女は私と身長が同じで、顔が小さいので太っているようには見えないのであるが、仕事のストレス太りで、私と出会った十年前は四十五キロだったのが、今は五十七キロになったという。

「そんなふうには見えないけど」

多少、ふっくらしたかなという印象だが、それほど太ったとは思えない。

「それがいけなかったのよ。わからない、わからないっていわれて、自分も、じゃあい

いかなって生活を変えなかったのよね。それが気がついたら、十二キロも太っていたのよ」

　彼女はため息をついた。

「だって、ほら、太ったでしょう」

　そういって彼女は横を向いた。正面から見るとわからないのだが、そういわれて側面から見ると、たしかに腹と腰まわりが確実に分厚くなっていた。彼女の場合は、一年に約一キロずつ太った計算になるが、今、十二キロの荷物を持っていろといわれたら、相当にきついのは間違いない。

　だいたい、この年になると、多少の見てくれはともかく、健康が第一だ。彼女は体重増加によって体調も悪くなり、とにかく腰痛がひどくなったと嘆いた。自分のベスト体重が四十五キロだという彼女が、毎年、一キロずつ荷物を増やし、結局、毎日、十二キロの荷物を抱えて生活していることを考えると、明らかに体にはよくない。

「もう自分でダイエットするなんていうような、生半可なものじゃだめだと思うの。だからプロに指導してもらって、体の悪いものを全部出してくるわ」

　彼女はそういい残して、十日間の断食に突入したのである。

　まず東洋医学を学んだ担当医の問診があり、彼女は健康であると診断された。そこにやってくる人々は、年配の人は大病を患ったあとであったり、若い人はアトピーで悩んでいる人が多い。彼女のように特に病気がなく、そこを訪れる人の割合は少ない。ジュース、薬草茶などは自由に飲めるが、固形物は一切とれない。彼女はお酒も好きなのだが、酒類も一切禁止である。そして朝六時に起きて、付近の野山を散歩する。彼女は自然の景色を見ながら歩くのが楽しかったので、四時間くらい歩いた。

あれだけお酒が好きな人だったから、辛い思いをしているのではないだろうかと、彼女の留守を守っている有能な秘書の女性に聞いてみたら、

「『大丈夫、全然、辛くないの』って、明るくいってました」

という。

「それはよかったわねえ」

「これまで休みがとれませんでしたからねえ。私は社長が痩せることよりも、日頃のストレスを発散させてくることのほうが、大切だと思っているんですよ」

そういえば彼女はいつもくるくると働いていて、のんびりしているのを見たことがなかった。道場では物を食べないのだから体重は減るだろうが、秘書がいったように、リゾート地に行くかわりに、のんびりすればそれでいいではないかと思ったのだった。

彼女が道場から出てくる二日前、会社に行って、

「その後、どんな具合？」

と聞くと、

「それがですねえ」

と秘書の人が笑っている。

「どうしたの？」

「八キロ痩せたそうなんです」

「八キロ？」

ということは、これまでの八年分の肉を、八日で落としたということになる。

「大丈夫なの？」

「ええ、お医者さんもついてますから、心配はしてないんですが。本人は辛くも何ともないっていってました」

一気に八キロ痩せたと聞いても、すぐには想像できない。まあ彼女は痩せるために入ったのだから、目的が達成されてよかったと、四日後、再会するのを楽しみにしていたのだった。

現世に戻ってきた彼女はたしかに痩せていた。特に分厚く肉がついていた腹と腰まわり、背中がすっきりしている。お尻もひと山分がどこかいっちゃったような感じだ。

「痩せたわねえ。やっぱり八キロっていうとはっきり目でわかるわねえ」

私は感心した。そういえば彼女はこのような体型だったと思い出した。

「先生も驚いていた。『あなたみたいに、こんなに減る人は珍しい』って」

復食はまずおもゆからはじまり、最後はちゃんとした玄米御飯が出たという。

「でも全部は食べられないの。胃が小さくなったのかもしれないけど。先生にも過食してはいけないっていわれた」

「お腹いっぱい食べるのって、精神的には満足するかもしれないけど、体には負担がかかりそうだものねえ」

自分の食生活を考えて、深く反省した。

私は子どもの頃から、腹いっぱいどころか喉元いっぱいまで食べないと、満足しなかった。特に長生きしたいとは思っていないが、日々、元気で暮らしてぽっくり逝きたいとは思っている。それについて東洋医学の本など、いろいろな本を読んでみたが、どれにも共通して書いてあったことは、

「過食は厳禁。腹八分、できれば七分でとめておくこと」

であった。まさに昔からいわれている「腹八分に医者いらず」である。中には朝食を抜くのがいちばんと書いてある本があったり、夕食のみでよいという本もあった。私は若い頃に比べて食べる量は減ったが、忙しくなってくると、過食気味になる。仕事をしている最中は食べないのだが、終わったあとに一気に大量に甘い物が食べたくなる。そこでまんじゅう一個というわけにもいかず、つい二個、三個と食べてしまう。これがいけない。それも体調がいいときは一個で終わりにできるのだが、バランスを崩している

ときに限って、たくさん食べたくなるのだ。

足裏マッサージのリフレクソロジーや、カイロプラクティックに行くと、私はいつも、

「どこが悪いわけではないですが、内臓が疲れてますね」

といわれる。これはきっと思っているよりも、いつも食べている量が多かったのだろう。疲れている程度ならまだいいが、これが続くと病気になる可能性もある。断食は固形物を絶って、体の中にある物を排出するしくみなのだろうが、

「食べなくてもちゃんとお通じがあるのよ。それだけ体に溜まってたのね」

と友だちはいっていて、それだけ体の中は食べ物が渋滞しているということなのだ。

「問題はお酒なのよ。出てきてすぐ、飲んじゃったんだけどね」

何でも我慢、我慢というのは、今度は精神衛生上よくない。仕事が終わったあと、甘い物が食べたくなったとき、一瞬、私は迷う。実はお腹があまりすいていないからである。食べてしまうとお腹いっぱいになるのがわかっているのに、脳は、

「食べたいよ」

といっている。体は、

「ちょっと難しいんじゃないですか」

といっているのにである。そこで私の体内では葛藤が起き、しまいには、

「いいじゃない、一生懸命に仕事をしてそのご褒美にまんじゅうの一個ぐらい」

となるのだが、それが一個で済まないのがこらえ性のないところだ。病院や検査が大嫌いな私は、やはり「腹八分目」を守らないと、体に負担がかかってくるだろう。自分のためといい聞かせて、机の前に、

「腹八分に医者いらず」

と書いて、貼っておこうかと思っているところである。

鬼姑にならない自信はなし

小姑は鬼千匹

うちの弟は四十歳を過ぎているが、まだ結婚していない。これまで、

「弟さん、お独りですよね。私はどうでしょうか」

とありがたいことに、そういってくださった若いお嬢さんが何人もいた。どのお嬢さんも弟にはもったいないくらいの方ばかりである。私は驚いて、

「あなた、うちの弟にも会ったことがないのに、どうして？」

とそのうちの一人にたずねたことがあった。すると彼女は、

「お姉さんを知っているので、安心だからですよ」

といった。

「結婚した友だちに聞くと、やっぱり嫁姑っていうのは当たり前にトラブルがあるみた

いなんですよ。昔からいわれているし、うまくいかないのもしょうがないかなって思うんです。でも結婚前に予想していなかったのが、夫の兄弟姉妹とのトラブルなんですって。親の場合は心づもりができるけど、きょうだいなんて夫とそれほど年が変わらない分、何だかとても面倒くさいらしいんですよ」

と心配そうなのだ。

「そうよね、昔から『小姑は鬼千匹』っていうからねえ」

若い彼女はこういったことわざは知らなかったらしく、

「そうです、そうなんです。まさに鬼なんです」

と前のめりになったのである。

彼女の友だちは共働きなので、生活にゆとりがあるだろうと、結婚をしている義姉が何かといえば金を借りにくる。約束をした期限までに返さないので、夫から催促をしてもらうと、しぶしぶ持ってくるのだが、返しにきたその足で、持ってきたお札をまた持って帰ってしまうので、永遠に手元にお金が戻ってこない。

「それも生活費ならともかく、洋服を買ったり、車のローンを払ったりなんですよ。夫のほうもお姉さんなので、強くいえないみたいで、本当に困ってるんです」

義兄から催促してもらうように頼んでも、

「きみのところは子どももいないじゃないか。うちは子どもが三人いて大変なんだ。共働きなんだから、ちょっとの間、お金を借りるくらいいいじゃないか」

とまるで弟夫婦がケチで性格が悪いような口ぶりでいわれた。友だちもとうとう怒り、

「それじゃ、こっちも早く子どもを作って、産休をとってお義姉さん夫婦と同じ立場になりましょ。そうしたら何もいえないだろうから、お金を返してもらうわ」

とがんばったのだが、妊娠の兆候は全くなく、義姉にお金をせびられ続けている。

「そうしているうちに、友だちは夫婦仲も悪くなってきて、別れたくなったらしいんですよ。でもよく考えると、夫婦間のもめ事ならともかく、お姉さん夫婦のために別れなくちゃならないのは、ものすごく腹が立つし、でも夫はふがいないしで、頭のてっぺんから火柱が上がりそうだっていってます」

舅や姑に話しても、

「きょうだいなんだから仲良くして。あっちもいろいろと大変みたいだし……」

というだけで、姉夫婦に意見をしてくれる気配はない。

「そういう話を聞くと、恐ろしくて結婚なんかできませんよ。両親のチェックだけではなくて、兄弟姉妹のチェックをしなくちゃいけないんですから」

彼女はため息をついた。

「親きょうだいだけじゃなくて、親類の面倒くさいおじさんやおばさんが出てきたりすることもあるらしいよ」

耳元でささやいたら彼女は、

「やだー、どうしよう。そんな恐ろしいこと。考えてもぞっとする」

と頭を抱えた。

「群さんの弟さんだったら、少なくともお姉さんの性格はわかってるわけですよね。私は結婚して夫をうまく操縦する自信はあるんです。お母さんも明るい人みたいだし……」

「あーら、でもわからないわよ。私だって実はものすごーく意地悪で、毎日、あなたちの家に行って、『こんなおかずしかないの』って文句をいうくせに、ちゃっかり自分の分を持って帰るかもしれないし、いつまでこの仕事ができるかわからないんだから、それこそ『お金貸して』っていいに行くかもしれないよ。それにうちの母親だって、傍目から見たら明るいかもしれないけど、本当に弟には甘いからね。嫁姑問題は絶対に起きると思うわ」

脅してみても彼女は、

「いーえ、群さんはそんな性格じゃないことはわかってますから。お母さんのことも、どうせ私よりも先に亡くなるんでしょうから、別にいいんです」

ととてもはっきりしているのであった。しかし私は彼女の気持ちだけを、心からありがたくいただいておいて、

「うちの弟はやめたほうがいいぞ」

とアドバイスをした。

「え、どうしてですか？」

彼女は不満そうな顔になった。

「私は容姿は気にしません。弟さんは国立大学を卒業して、コンピュータのエンジニアをして、ちゃんと大手の会社にお勤めしていらっしゃるじゃないですか。持ち家もあるし姑と同居でもかまいません。鬼のような小姑はいないし、動物好きで優しい性格みたいだし。それで十分じゃないですか」

彼女はものすごくいいほうに考えてくれていた。私はしばらく黙ったあと、

「その通りだが……。でもけちだぞ、弟は」

と告げた。

「ギター、釣り、サイクリングっていう自分の趣味には湯水のようにお金を遣い、それだけでは足りなくて、私にもイギリス人の名工が作ったという、何百万もするギターを買わせるような男なの。私だったら結婚しないわね。自分のことしか考えていないから、はっきりいっておすすめしません。だいたい持ち家があるっていったって、三分の二は私のお金をあてにしていたんだから。そういう性格なのよ」

正直にいった。浪費家の男性も嫌だが、ケチくさいのも嫌だ。母が旅行に行っているとき、弟はその間に食べた弁当の領収書を取っていて、

「立て替えておいたから、お金をくれ」

といった。それを聞いて母が、

「いい年をして、ふざけるのもいい加減にしなさい」

と怒ったという話を聞き、中高校生じゃないんだからと、あまりの情けなさに腰がくだけそうになった。どこでそうなってしまったのかわからないが、少したりとも自分のお金を出さないで済まそうという質なのだ。だからお嬢さんたちに、自信を持ってすすめられないのである。

結婚してからトラブルが起きないように、私はすべてをお嬢さんたちに話した。みんな納得してくれた。少しでも不幸な娘さんを増やさないための、これは私の親切である。誰でも結婚すればいいわけではなし、弟は家族がいなければ自分の好きなようにお金が遣えるのだから、独身でいたほうが気楽だろう。結婚したいと思っている娘さんには、やはり幸せになってもらいたいので、

「うちの弟はやめたほうがいいですよ」

とそういう話が出るたびに、話しているのである。

私は彼女たちがいってくれたように、小姑にならない自信はある。これからは想像の話だが、万が一、弟が結婚したとしても、あちらから何かがあるのならともかく、こちらからあれやこれやと接触することはないと断言できる。しかし、もしも息子がいて姑

になったときに、鬼姑にならない自信はないのだ。

あるとき、私より十歳くらい若い既婚の子どもがいない女性と、もしも息子がこういう女性を結婚相手として連れてきたらどうするかという話をした。サンプルとして選んだのは、芸能人である。彼女は、

「KとQだったらどっちがいいですか」

という。当時、Kさんはマスコミからああだこうだと叩かれていて、一般的には好かれているタイプではなかった。Qさんはお嫁さん候補ナンバーワンといわれていた。

「もちろん、Kに決まってるじゃない」

Kさんははっきりといいたいことをいうけれど、正直でお腹に何もない感じがしたからだった。彼女も、

「私も同じです。Qなんかを連れてきたら、どんな手を使ってでも別れさせます」

と鼻の穴を広げていうのだ。私たちと何の関係もないのに、話のネタにされたKさんとQさんには本当に申し訳ないのだが、それからはQさんの悪口大会になってしまった。

「お嬢さんぽく見せてるのがたまらなく嫌。絶対に根性は悪いはず」

「男の人はみんなあの顔立ちに騙(だま)されるんですよ。ああいう女の腹黒さがわからない」

私はだんだん息子がいて、彼がQさんを連れてきたような気持ちになり、

「絶対に結婚は許すまじ」

と目つきまでも悪くなってきたのであった。もしも息子が彼女みたいなタイプを連れてきたら、彼が選んだ女性だからととても達観できない。彼女のやることなすことが全部気に入らず、鬼姑になるのは間違いない。こと、兄弟や息子に対する感覚は、想像しただけでも違うのだ。こちらも世の中の不幸な娘さんを増やさないため、私は結婚して息子を持たなくてよかったと、心から思ったのである。

〝恐怖の二割〟に当たったら

蟻も軍勢

日本には物があふれかえっていて、それなりに良質な物が手に入るのに、反面、お金では手に入れられない、有能な人材はものすごく不足している。偏差値の高い学校を卒業したり、海外留学の経験のある人はいるけれども、本当に頭の回転がよく、気配りができて感じのいい人はものすごく少ない。

「本当にまっとうな人が少なくなったな」

と思う。最近、仕事関係や、外に出れば店の店員や駅員などの応対に、続けざまに腹が立ち、

「うーむ、やっぱり更年期のせいで怒りっぽくなっているのかも」

とちょっと反省したりもしたのだが、どう考えても向こうが悪いような気がするのだ。

地下鉄線の駅でプリペイドカードを買おうと、窓口に番号と一緒に表示してあった図柄を選び、

「16番をください」

と座っていた係の年配の駅員に告げると、彼は黙ったままカードを取り、私のほうに差し出した。

「領収書もお願いします」

相変わらず彼は無言である。おまけに客の顔を見ようともしない。最初っから最後まで、「はい」も「ありがとうございました」もなし。むっとしたので彼の名前を見てやろうと胸元に目をやったが、そういう人間に限って名札をはずしているのである。

(もしかして、私だけにこんな仕打ちをしているのかしら)

とカードと領収書を手にしたまま、ちょっと離れて様子をうかがっていた。三十代のはじめくらいの女性がやってきて、私と同じようにカードを買ったが、やはり彼の態度は同じだった。

(うーむ、名前さえわかったら、駅長宛に手紙でも書いてやるのに)

悔しくてならなかった。

私は若い頃、

「こういうことはやめていただきたいわっ」

と新聞などに投書するおばさんを、

「怒るのはわかるけど、わざわざここまですることはないんじゃないの」

と呆れていたのだが、自分がその年になってみると、ひとことといわずにはいられなくなることがわかった。何事もなかったように、無視できないのである。以前にも、この路線の別の駅で、買ったばかりのカードが改札口で受け付けないので、

「ちょっと見てもらえませんか」

と駅員に声をかけたことがある。するとその年配の駅員は無言でカードを取って別の機械を通し、それが無事に改札されると、ほーら、どうだ、別に何ともないじゃないかというような顔で、出てきたカードを無言で指さし、無言で返してきた。この無言年配駅員たちはいったい何なのだろうか。ごく普通の応対ができる駅員ももちろんいるはずなのだが、どうしてこういう人たちにあたってしまうのか。よっぽど運が悪いか、それとも利用者に対してこのような態度をとるのも当たり前になってしまったのか。それから私はなるべく駅員とは接触しないようにした。またこちらが不愉快になるのは嫌だからである。

ある日、原宿のファッションビルの中にあるインテリア雑貨の店に入り、ガラス製の密封容器を買った。レジカウンターに持っていき、それがバッグに入る大きさだったので、

「そのままでいいですよ」

というと、カウンターにいた二十三、四歳とおぼしき女性は、むっとした顔をして私のいったことを無視し、何重にも紙でくるんだあと、放り投げるようにして容器をこちらによこしたのである。私は唖然として彼女の顔を見たが、つーんとしたままレジからおつりを出し、トレイに置いてぐいっと差し出した。こちらも無言人間なのであった。このときも、

(オーナーに手紙を書いてやる!)

と瞬間的に思ってしまった。その店がいちばん最初に広尾にできたとき、私は何度も足を運び、日用雑貨を買った。アンティークのスカーフを買ったときには、オーナーの女性が、とても親切に応対してくださって、感激したものだった。

「さぞかしオーナーの方もお嘆きでしょう」

といいたくなった。まさか自分の店の店員がそんな応対をしているとは思ってもみないだろう。このような人を雇ってしまったオーナーが気の毒でならなかった。

「大人として、そういう態度をしてもいいんですか」

といいたくなる相手は、学歴や偏差値とは全く関係がない。人がうらやむような経歴の人がとんでもないことをしでかす。会社の役員に、

「面接のときにわからないんですか」

と聞くと、

「それがわかれば苦労はしないんです。毎年、こんなはずではなかったと後悔してます」

と肩を落とした。偏差値の高い大学を出ていれば、人間的に信頼でき、すべてにおいて有能だと、私が勘違いしていたのかもしれない。しかし時がたつにつれて、それは全く関係がないことで、へたに偏差値の高い大学を出ているほうが、始末が悪いことがわかってきたのだ。ずいぶん前になるが、知り合いの若い男性が入院したので、彼と顔見知りの若い女性を伴ってお見舞いに行った。彼女は中学、高校と名門私立の卒業生で、日本でいちばん難しいといわれている大学を出ていた。留学経験はないが英語もぺらぺらである。病室に入って彼と話していると、彼女は、

「大変でしたねえ。でも万が一、死んでも大丈夫ですよ。今まで善行を積まれてますから、絶対に天国に行けます」

といったのである。彼も私もあっけにとられ、彼女の顔を見ると当人はにこにこしている。彼を褒めたつもりなのである。彼は命にかかわるような病気ではなかったが、他にも患者さんがいるというのに、あまりの発言に、呆れ、彼女と同じ偏差値の高い大学出身の両親がどういう躾をしたのだろうかと呆れ返った。勉強、勉強とそればかりをいって、肝心な礼儀を教えていないのではないのかと疑いたくなったのである。帰り道、

「どうしてああいうことをいったの」

と聞いたら、

「だって、そうお思いになりませんか？　あの方、絶対に天国に行きますよ」

と平然としていた。こういう発言は悪意よりももっと悪い。本人に全く自覚がないからである。その後も彼女はそこここで顰蹙(ひんしゅく)をかい、会社での仕事もうまくいかなくなってきた。英語力を高めたいとキャリア留学で海外に行ったらしいが、それを風の噂で聞いた私は、

「英語よりも日本語の基本的な物のいい方を勉強したほうがいいんじゃないか」

と思った。

こういうトラブルを起こすのは若い人ばかりではなく、年配の人にも多い。若いからやらかすのではなく、ひとえにその人の質なのである。若者にはまだ未熟だからと見る目も多少甘くなるが、いい年をした課長や次長がそういうことをする場合もある。もちろん同僚、部下にもばかにされる。そういう人々を見ていると、気がつかないということは、恐ろしいとつくづく思うのである。

友だちと、

「仕事で会うのも、本当に失礼な人間ばかりだ」

とぐちをいい合っていると、

「どんな職業でもそのうちの二割の人は、全然、使いものにならないって聞いたことが

あるわ。とても有能な人も二割。普通に働ける人が四割、努力すれば普通になるのにやる気がない人が二割なんだって」

といいだした。店員、駅員、編集者、教師、看護師、医者。学歴がある、なしにかかわらず、どんな職業でも二割の人はどうしようもないというのだ。

「たとえば医者がミスを犯すなんて、これまでみんなの頭になかったじゃない。それは偏差値が高い学校を出て、頭がいいということでごまかされてたのね。でもその職業の二割の人がだめだとわかると、医療ミスが多発するのもわかるような気がするわ」

表沙汰になった事件だけではなく、これまで相当にまずいことがあったはずだ。たまたま二割の医者と二割の看護師に当たってしまい、お互いにチェック機能が働かずに、不幸な結果になってしまった。また医者がミスをしても、周囲にいた同僚や看護師が気がついて、事故を未然に防いだケースもたくさんあっただろう。

人に対して怒ったあとは、さすがの私も自己嫌悪に陥る。その場限りの駅員や店員はまだしも、再び会う可能性のある人々に対しては、こちらが神経質すぎるんだろうかと考えたりもする。誰でも人を不愉快にさせたいと思って生きているわけではないのに、どうしてそういう人々がいるんだろう。普通の人間としての礼儀がどうして欠如しているのだろうか。「蟻も軍勢」といい、彼らも私の知らないところで役には立っているのだろうが、問題は多い。でもこの二割説を聞いてからは、どうしようもない人がいても、

「あーあ、二割に当たっちゃった」

とあきらめることにした。どうしようもない二割の人ほど、自分のやっていることを変えようとしないだろうから、接するこちらが考え方を変えなくてはならない。

「何だか不公平だわ」

と正直いって腹も立つのであるが、

「彼らもそれなりに辛いのかも」

と憐憫（れんびん）の情も含めて自分が大人になろうと努めることにしたのである。

はまると逃（のが）れられないコスメの世界

女の一念岩をも通す

　ふだんは近所の散歩以外は、ほとんど外に出ないために、私は世の中がどうなっているのか、把握していない部分がある。先日、電車に乗って吊革につかまり、目の前の女性を見ていて、あまりの厚化粧にびっくりしてしまった。厚化粧といっても、ひと昔前の女性がやっていたような、べったりと白塗りでお面のようになっているのではなく、肌の色は顔に合っているのだが、質感がまるでプラスチックのようなのである。つまり人間の肌というよりも、毛穴で呼吸している気配が全くない、お人形さんみたいな肌なのだ。毛穴が全く見えないところをみると、ものすごく厚く塗っているはずだ。ファンデーションの色が肌に合っていれば、一見、自然には見えるが、実はこってり塗っているのだ。

だいたい、若い娘さんにとって、毛穴や毛というのは本当にやっかいなものらしい。毛穴に詰まった脂を取る化粧品や、毛穴を引き締めたり、目立たなくする化粧品もとても売れ行きがいい。私もずいぶん前に、鼻の頭の脂を取る、塗って剥がすパックを試したことがあったが、あまりの強力さに脂だけではなく、鼻まで取れそうになった。もともと皮膚が弱いので、剥がした跡が赤くなり、赤鼻のトナカイみたいになって過ごさざるをえなくなってとても後悔した。人間として生きている以上、毛穴からは汚れも脂も出る。それが嫌だというのなら、ヘビになるしかないのではないかと思うのだが、娘さんたちはあれやこれやと塗りたくり、少しでも理想の顔面に近づこうとする。それもいかにも、

「やってます」

というのは彼女たちの美意識に反する。とにかく毛穴の開いた顔も、技術と化粧品を使って隠し、

「生まれつきの美肌」

に見えるように演出する。毎日が世間を相手に、舞台に立っているようなものだ。化粧のために睡眠時間を削り、朝食の時間を削っているかと思うと、

「ご苦労さま」

といいたくなってくる。

私はたまにプロのメイクアップ・アーティストにメイクをしてもらうことがあるのだが、彼らのメイクはこの、自然に見える土台作りがポイントである。

「そんなに時間をかけて塗るんですか」

とびっくりするくらい、地塗りにとても時間をかける。それも何種類もファンデーションを変え、しみ、そばかすがあるところは隠し、とにかくメイクの時間の半分以上は地塗りに費やす。鏡で見ると、

「ちょっと濃いのでは」

と思うのだが、それが写真に写ると、とっても自然な感じに写っている。彼らは写真にどう写るかということを考えて、化粧をする。それと同じようなふだんにはちょっと濃すぎる、ファンデーションの色選びは完璧なこってりと地塗りをした化粧で、若い娘さんたちは会社に通っている。とても十五分、二十分ではできない顔面だ。それが証拠に、仕事の約束があり、ラッシュアワーがちょっと落ち着いた頃に乗った電車の車内で、鏡をのぞき込みながら、家では時間切れでできなかったメイクアップを、必死にやっている娘さんがいた。眉、アイシャドウ、アイライン、ビューラー、マスカラ、そして頬紅、口紅と、膝の上に道具を広げ、何人(なんぴと)たりとも彼女の行動に異を唱えられないオーラが漂っていた。まさに美しくなるためには、「女の一念岩をも通す」というような雰囲気だったのだ。

私よりも年配の世代は、化粧関係の情報が少なかったため、厚化粧の人はべったりと真っ白なお面顔。そうでない人はあっさりめという、とってもわかりやすい図式で、「厚塗り」対「薄化粧」の対決だった。しかし最近は、化粧の情報が山のようにあり、雑誌でも何よりもメイクアップ特集がいちばん売れるという。インテリアはそれぞれの家の事情があるし、模様替えにはお金もかかる。ファッションもいくら流行とはいえ、似合う似合わないがある。しかし化粧はそうではない。丸ぽちゃでもほっそりでも、若くてもそうでなくても気軽に楽しめるし、それなりにきれいになれる。というところに、はまってしまうと逃れられない。ふかーい落とし穴があるのである。

私も学校を卒業して、会社に勤めていた若い頃は、きちんと化粧をしていた。といっても今のように毛穴までフォローするような化粧品なんかない時代だし、ごく普通の女の身だしなみといわれた程度のものだった。夜中の一時に帰宅し、朝は八時前に家を出るという毎日を繰り返していたのに、化粧だけは欠かさなかった。広告代理店の営業だったために、上司から、「化粧をするように」と注意されたこともあるが、やめるまでの半年間、寝不足でぼろぼろになりながらも、化粧をし続けたのは、今の自分から見ると想像もできない。だいたい最近の私など、ひどいときには昼過ぎまで顔を洗わないこともある。たまたま顔を触って、はっと気がつき、

「もしかして、顔を洗っていないんじゃないだろうか」

とあわてて洗面所に駆け込む始末なのである。

居職（いじょく）というのは、だらしなくすればいくらでもだらしな、なる。その歯止めとして、家で仕事をするようになってから、自発的に「ジャージ禁止令」を出し、それだけは守っている。上はTシャツ、トレーナーであっても、家の中では絶対にジャージは着てはいけない。私が自分を許さないのである。穿（は）いているのはチノパンツで、外に出るときは顔は素顔で洗っていなくても、ジャージ姿はありえない。だいたい持っていないのである。

ところがコンビニには、ジャージの上下姿でありながら、お人形さん化粧をしている娘さんが来る。

「あんた、それだけ顔をいじる暇があったら、もうちょっとその格好を何とかしたら」

といいたくなるのだが、妙につるっとした顔で彼女たちは牛乳やパンを買って帰っていく。もしかしたらあのジャージはパジャマも兼ねているのではないかと思えるくらい、よれよれになっている。が、顔はくっきりしっかり、ちょっとコンビニで買い物というときでも、「世間に対する舞台用」になっているのだ。

私はほとんどの化粧品が合わないこともあって、雑誌の化粧品特集のページもほとんど見ない。次から次へと発売される、顔が小さくなるとか、色が白くなるとか、化粧が崩れないとかいう化粧品に飛びつき、試してみる人のことをコスメフリークというが、

「そんなに変わるのかねぇ」

と冷ややかに眺めていた。ところが私としても化粧品が合わなくても、ずっと素顔でいるわけにはいかない。たまには人前に出なくてはならないこともあるし、お洒落をして出掛けることもある。そのときにやはり化粧くらいはしたい。中には化粧＝悪ととらえている人もいるようで、私もそっちのほうに行きかけたこともあったが、どうしてもそれはできなかった。いつも素顔で通す自信が私にはなかったからである。


　が、肌に合う化粧品は手近に入手できる物の中にはない。インターネットで調べてみると、同じような人がいるわいるわ、情報のてんこ盛りだった。「極端な敏感肌だったが、この商品がよかった」と情報があると、ついつい気になる。中には「あれは合わなかったが、こっちは合った」とあると、また気持ちが動く。顔を洗う無添加の石けんでさえ、山のような情報があるのだ。おかげで肌に合う物も見つけることができたが、もしかしてこれも、別の意味でコスメフリークと同じじゃないだろうかと気がついて、情報を収集するのはやめた。きりがないのである。製造元がつぶれない限り、浮気しないでその商品を使っていればいいやと、新しい情報は遮断することにした。そうしないといつまでたってもいたちごっこになって、

「もっと、もっと」

と、いつも欲求不満みたいになっているのが嫌になったからである。

中年になってくると、自分の体に気持ちのいいことだけをやりたくなった。化粧品を肌に塗って、気持ちが悪いと思ったらやめる。塗ったほうがいいなと思ったら塗る。それを基準にすることにした。眉毛もヘアメイクをしてもらったときに整えてもらったら、あとはほったらかしであった。ところが先日、テレビで私よりも少し年上の女性が、プロに眉カットをしてもらっているのを見た。ただそれだけなのに、ものすごく垢抜けてきれいになっていた。それを見た私は仰天し、

「これは私もしなくては」

と大昔に買った眉バサミと毛抜きを取り出した。自分の限界は知っているから、眉毛を整えたからといって、吉永小百合になるとは毛頭考えていないが、自分なりの顔面でベストを目指したい。鏡を見ながらテレビでプロが指導していたとおりに手順を進めていった。

しばらくしてふっと気がつくと、鏡の中の私は、これまで見たことがないほどの、必死の形相になっていた。仕事でもこんな顔をしないのではないかというくらいだ。これでは電車の中で化粧をしている娘さんのことを、あれこれいえやしない。年を取ると若い頃とは違って、いろいろな部分をあきらめなければならなくなるが、私としては、

「眉を何とかすれば、まだ見られるかも」

と考えたわけである。私は自分では俗にいう女っぽい性格だと思っていなかったが、

眉毛の件に関しては違った。少しでもましになろうと女としての欲と根性が出た。そして「女の一念岩をも通す」という言葉を思い出して、ちょっと恥じてしまったのだった。

テレビのない生活は豊かだ！

光陰矢の如し

敬老の日、私はまだ老人という年齢ではないが、自分のこれまでの四十七年の人生をふと振り返ってみた。あっという間であった。高校生の頃、ぶっとい脚をものともせずにミニスカートを穿き、ロックコンサートに通い、試験に頭を悩ませたことなど、つい二、三年前のように感じるのが恐ろしい。でも確実にそれから三十年はたっているのである。

当時、自分が三十歳になるなんて想像もつかなかった。「三十歳以上の人間は信用するな」という考え方が、アメリカから起こった覚えがあり、三十歳以上の大人は世間ずれしていて、汚くたちまわっているようで、

「本当に信用しないほうがいいかも」

とすら思っていたのである。ところが自分がその年になってみると、何ら変わりがない。もしかしたら小学生のときがいちばん、学問も知識もなかったけれども、根本的に賢かったような気がする。しかし否が応でも日々年を取っていくわけで、若い自分には戻れない。先のことはわからないが、これまでがあっという間に過ぎ去ったことを考えると、これから先はもっと短く感じるのではないだろうか。このまま三十年あっという間にたったら、私は七十七歳だ。私は年を取って自分の体が変化していくのは、それなりに楽しいことだと思っているし、それをありのままに受け入れたいと思っている。悲しむようなことだとは思っていない。よく、

「日々を一生懸命に生きる。人の一生はその積み重ね」

という人生訓が語られたりするが、私はそれを見て、

「ああ、ごもっとも」

と深くうなずくのであるが、もともと面倒くさがりな性分なので、なかなかそうはいかない。「明日できることは今日やるな」が私の座右の銘なので、日々を一生懸命という信念からは、いちばん遠いところにいるのである。

今年の夏、昼食後、仕事をしていたら眠くなってきて、

「ちょっと昼寝でも」

と三十分ほどの仮眠のつもりで横になったら、四時間も思いっきりがーがー寝てしま

い、仕事の予定がふいになったことも一度や二度ではない。はっとして起きあがり、時計を見て、

「うーむ」

と頭を抱えた。それで夜、その分の仕事をするかというとそうではない。夜は仕事をしないことに決めているので、これは頑なに守る。となると私はその一日、ほとんど何もしないまま、惰眠をむさぼっただけだった。いちおう、

「困ったなあ」

とは思う。しかし三秒後には、

「ま、いいか。睡眠を取るのは体にいいことだ。仕事よりも健康がいちばんだしな」

などと自分を甘やかしてしまうのである。

どんな人でもそうだが、ただ仕事をしているだけではなく、ぼーっとしている時間も必要だ。空を眺めたり散歩をしたり、うたた寝をしたり、というのもリフレッシュするには必要な時間である。私が仮眠のつもりだったのに、四時間寝てしまったのも、体がそのように欲したわけで、それはそれでよいのではないか。そうではなくて、ただだらだらと過ごしてしまう時間がある。それは人によって違うのだろうが、私にとってはそれがテレビだと気がついたのである。

私は昔から、朝起きてすぐにテレビをつける習慣があった。午前中は朝食を食べると

きも見ていたし、全自動洗濯機をセットして完了するまでの間も見ていた。仕事をする部屋を分けてからは、仕事をしている時間以外はほとんどテレビをつけていた。子どもの頃からそうだったので、テレビがついていないと、何か欠けているような気がしてならなかった。ちゃんとした家庭だと、食事のときはテレビを消して、家族の会話を楽しむという教育を子どもにするのだろうが、うちの場合は両親が不仲だったため、父親が率先してテレビをつけていた。テレビがなかったら場がもたず、ものすごく陰気な食卓になっていたと思う。それがいいか悪いかは別にして、子どもの頃はテレビがあったおかげで、助けられた部分もあった。だからその癖が抜けず、ついついテレビをつけてしまう。本当にその番組を見たいのかといったらそうではない。ただ日々の習慣になっていたのだ。

「一週間だけ、どうしても見たい番組以外は見るのはやめよう」

と試してみた。いったい自分がどういうふうになるか興味もあった。朝起きてもテレビはつけない。物足りない気もしたが、そのうち慣れた。夜もだらだらとテレビをつけていたが、消して本を読んでいると、殊のほか落ち着くことに気がついた。そして一週間後、前の生活に戻ってみると、驚く事ばかりだった。まず、

「こんな下らない内容の番組を毎日見ていたのか」

と気づかされた。当たり前に見ていたときは全く気がついていなかったのにである。

的に流されるコマーシャルの音を聞いていたら、心臓がどきどきしてきて、妙な興奮状態にもなった。だらだらと見ているときは感覚が麻痺してわからなかったのが、間に時間を少し置いただけで、自分が不愉快になることがわかったのである。

それ以来、本当に必要な番組以外、テレビを見るのはやめた。ビデオもむやみに録画するのをやめた。録画をしたはいいが、見ないままのビデオが積んであり、どこにどの映画が録画してあるかさえ、わからなくなってしまったからである。それも試しに見てみたら、特別、録画する必要がない内容に思われた。家にあるテレビは十二年前の物で、たまに色が変わったりしているので、そろそろ寿命かなと思っている。もしも壊れたら、しばらくテレビなしで過ごしてみようかとも思っているくらいだ。

テレビを見る時間を減らしたおかげで、その分、静かに音楽を聞いたり、本を読んだりする時間も増えた。何より驚いたのは飼っている猫が、とても落ち着いてきたことだった。とても音に敏感な猫だったので、次々と耳に飛び込んでくるコマーシャルの音が辛かったんだなと思うと、かわいそうなことをしたと反省した。目的があって見るのはいいけれども、惰性のだらだらはよくないとあらためてわかったのだった。

いくらお気楽な私でも、これから先、どのようにして生きていくかはまじめに考えな

ければならない。若い頃は、

「好き勝手に暮らしていって、その結果がどうなろうと、どうでもいいわ」

とたかを括っていたのに、さすがに中年になるとそうはいかない。それなりの人生設計も必要かと思うようになった。それが証拠に、うちの母親の変わり身の落差には唖然としたことがあったからだ。母親が私くらいの年齢のとき、すでに離婚はしていたけれども、

「子どもの世話になんかならない。私はお弁当屋さんでも、お掃除でもアルバイトをして気楽に暮らすから、私のことは気にしないで」

といっていたのだ。それが二十年後、

「八十坪の土地が欲しい、家が欲しい」

とだだをこねて泣くようになるとは、想像もつかなかった。そのときそのとき、彼女は正直に自分の気持ちをいったのだろう。しかしこのように人の気持ちは移り変わるのかと、身内ながら私は驚いた。

それでも私には、はっきりした人生設計はない。寿命がわかったら、それから逆算して計画が立てられるのに、それがわからないのが悔しい。寿命がわかるという、インタ

……困り果てたこともあった。

今度は百四十三歳という結果だった。これでは化け物ではないか。

これは、また聞きなので正しいかどうかはわからないが、元気で動けると条件をつけると、日本人の平均寿命ががくっと下がってしまうと聞いたこともある。平均寿命は高齢で、自由に体が動かせない人も含めているようだ。そうではなくてちゃんと社会生活を送ることができる高齢者の平均値を出してほしい。元気で生活している高齢者の割合は、外国のほうがはるかに多いとも聞いた。自分の身内の場合は、たとえ寝たきりでも少しでも長生きしてほしいと思うが、自分に照らし合わせると、頭も働かずに何年も寝たきりで過ごすのは嫌だ。とにかく、自分で考え、動けるうちが花なのだ。

テレビに無駄に使っていた時間に気がついただけでもよかった。これまでテレビ害毒論や、見ない人、持っていない人の話をたくさん聞いた。でも私はそれを、ふんふんと聞いているだけだった。実感がなかった。それがなるほどと思えるようになったのは、自分がそれなりに年を取ったからなのかもしれない。若い頃は多少の不愉快な刺激は受け入れられるが、年を取るとそうではなくなる。なるべく不愉快な刺激は避けようとする。若い頃は「光陰矢の如し」という言葉を聞いても、何の感慨もなかったが、今はこの言葉が骨身にしみる。「まだ」のような気もするが「もう」のような気もする。私は中途半端な年齢なのだろうけれども、あせることもがつがつすることもなく、心穏やかに暮らしていければいちばんいいと思っているのである。

顔の見えないコミュニケーションって

人の噂も七十五日

私は原稿を書くのにパソコンを使っているが、長い間、インターネットは利用していなかった。ところが本の検索などで便利だというので、数年ほど前からインターネットに接続している。連絡をとるのは、ファクスで十分と思っていたのでメールも使っていなかったが、だんだん出版社宛にメールで原稿を送るのが当たり前になってきたので、切り替えざるをえなくなった。原稿を書く、保存、メールで送るといった、仕事に関係する範囲の知識はあるが、それ以外の知識はほとんどない。以前、編集者と話していると、「てんぷファイル」と繰り返していっていた。私はその言葉を知らず、テレビでコマーシャルを流している「テンプスタッフ」という会社の子会社かと思っていた。後で聞いたら、「添付ファイル」という意味だったらしく、

「下手なことをいわなくてよかった」

と冷や汗が出たことがあった。このようにパソコンに関しては、自分に必要な事柄しか知らない私なのだが、インターネットを使っているうちに、どんどん思いもかけない方向にいってしまった。

ある日、私は亡くなったある作家の検索をしていた。資料も探せるし、ファンが作ったホームページもある。中には詳しいマニアックなものもあって、感心させられる。こういった情報を得られるのは、インターネットのいいところだと思う。検索した結果に応じて、あっちこっちのホームページなどを見ているうちに、「掲示板」というものにぶつかった。

「掲示板っていったい何だろう」

と思って見ていると、それは文学関係の掲示板だった。スレッドというらしいのだが、誰かがあるテーマを出す。たとえば「最近読んだ本について」というスレッドを立てると、興味を持った人が、匿名あるいはハンドルネームというニックネームを自分でつけ、それで意見を書き込むというシステムになっている。そこに書き込む人が毎日いれば掲示板に掲載され続け、そういう人がいなくなれば画面から消えるシステムになっている。好きな作家、嫌いな作家などについて、みんなが自分の意見を述べている。ほのぼのしていたり、心底、その本が好きだとうっとりしていたり、文学についてまじめに議論しているものもある。しかしどちらかというと、「好き」というよりも「嫌い」という否定的なスレッドのほうが盛り上がっている。中には読んでいて不愉快になるというか、

「こんなことまで書いていいのか」

とそら恐ろしくなるようなものまであり、ニュースでも問題になっていた、インターネットの匿名性の恐ろしさの現実を知ったのであった。

もちろん好き嫌いはあって当然だ。私も以前は好きで読んでいたが、いつの間にか読まなくなってしまった作家がいる。それは誰にでもある。そしてまた別の作家の作品を読むようになり、また何年か先に、途中で読むのをやめた作家の本を読んだりする。読書とはそういうものだ。そのときの自分の気分によって変化するのである。そのときどきの読者の気分で、好き嫌いといわれるのはしょうがないことである。が、本の内容とは全く関係がない、それも作家のプライバシーまで暴くような内容が平気で書き込まれているのだ。

ある女性作家については「男好き」だの「メス豚」だのと、その書き方があまりにひどいので呆れていると、今度は同じような人間がいてお調子に乗ったのか、彼女の夫に友だちがレイプされそうになったなどと書いてあるのだった。それが本当であっても嘘であっても、こんなところに書き込むこと自体がおかしいと思うのだが、そういうことを平気でやる人間がいて、またそれに便乗して、

「そういう話を私も聞いた」

などと書き込む輩がいるのにびっくりした。

「ここまできているのか」

と呆れざるをえなかった。

その中で私に対する書き込みもあり、ふむふむと読ませてもらったが、納得できるものもあり、納得できないものもありといった具合だった。中には、本を読んでいたらそういう意見は出てくるはずがない、事実誤認のうえの見当違いの批判も書いてあったりして、

「いったい何を読んでいるのやら」

といいたくなるものも多い。だいたい書き込む人の中で、ちゃんと本を読んでいる人は少なく、気分で書いている人が多いのではないかという気がした。文句があるのならきちんと書き手にいってくれればいいのに、そうはしないのだ。

ああいう書き込みは長々書くものではないようで、とにかく短い文章のなかに、「やめろ」「つまらない」「最低」といった直接的な言葉が羅列してあって、文句をいわれるほうとしては、漠然といっていることはわかるが、自分の作品のいったいどこが面白くないのか、どういうところに腹が立ったのかよくわからない。理由をはっきりさせてくれといいたいのだが、多くの人は、

「何だかこいつ、むかつく」

といった程度のことで、書き込んでいるようだ。いちばん困ったのは、たとえば私が書いた内容を、書き込んだ人物が脚色してしまうことである。文章は微妙な表現でニュアンスが変わってしまうから、たとえば取材に来た記者がそんなことをしたら問題になる。しかし素人で匿名だからと、そういうことが許されてしまうのだ。しかもインターネットは本や雑誌よりも多くの人が見るものなのだ。

私に対するいわれ方なんぞは、まだまだましなほうで、本が売れている人に対しては、「成り上がり」「子どもの教育の仕方が悪い」「顔が不細工だ」などと書いてあって、その人を糾弾しようといった悪意の雰囲気に満ち満ちていた。いったい成り上がりのどこが悪いのだろうか。本人の実力でそこまでいったのだから、

「がんばりましたね」

と褒めることはあれど、文句をいう筋合いなどないし、子どもの教育の仕方なんて、見ず知らずの人間にとやかくいわれる必要はない。ましてや「不細工」なんていったい作品に何の関係があるのだろう。とにかく書き込む人は、「あいつにひとこといってやらねば」「最近、こいつ、むかつく」といった状態になっている。むかつくのなら黙って本を買うのをやめりゃあいいのに、そこまでする必要が彼らにはあるようなのである。

私が見た限りで想像すると、きちんとした批判ができない彼らの根底にあるのは嫉妬

である。掲示板を見た一部の人が、

「ここに書いている人は、結局、才能もなく、貧乏な人たちばかりなんですね」

と冷ややかに書き込んだりもしているのだが、それに対しては、

「ここは井戸端会議みたいな、鬱憤晴らしの場なのだ」

といいわけをしている。鬱憤晴らしはわかるけれども、話した言葉はそのまま消えてしまうが文字は残る。口で否定的な言葉をいうのと文字で書くのとでは、文字のほうがきつく感じる。彼らはそうは感じていないのかもしれないと思ったが、書き込んでいる者同士でものすごくもめることがあるらしく、彼ら自身もそれなりに、書き方で読んで不愉快になるということはわかっているみたいである。世の中に名前を出して仕事をしていると、人にとやかくいわれるのは仕方がないし、当然でもある。問題なのはきちんと名前を出してではなく、匿名だったら文句をいいたい人間が、それだけ存在しているということなのだ。書き込んだ時間を見てみると、昼間は学校や仕事があるからか、夜から明け方にかけて、延々と続いている。学校か会社が終わってから、深夜、ずっと人の悪口を書き込み続けている。

「いったいきみたちには何があったのだ」

と聞きたくなるくらいだ。

彼らはふだんはおとなしい人々なのではないだろうか。叱られても嫌なことがあって

も、反論できないでじっと耐えている。本や漫画を読んでみても、どうもつまらない。もちろん彼らは自分の人生もつまらない。きっと本の内容が面白くなくても、作者がお金が儲かっていなかったら、それほどむかつかないのだろう。酒を飲んだ勢いで書き込んでしまう人もいるのだろうが、それがああいった代物になってしまうのである。

「群はとても汚いやり方で原稿を書いている」という女性の書き込みを偶然読んだことがあった。それを読んだ人が、彼女が具体的な内容を書いていなかったので、それはどういうことかと書き込んだ。私自身は思い当たるふしがなく、書き手として「汚いやり方」がどういうものか知りたかったし、こちらが気がつかない場合もあったかもしれないと期待したのだが、どういうわけだか当人は「それは書けない。もう書き込まない」と怒ってしまった。

「つまんないなあ。匿名なんだからきちんと書けばいいのに」

むかつかれている私としても、あまりに不毛なので、二、三回で掲示板を見るのはやめてしまった。

現実を知って驚いたが、掲示板というシステム自体はあっていい。どんなものでもそうだが、使う人によって良くもなったり悪くもなったりする。最初はあまりのすごさに、他人事ながら頭に血が上ったりもしたが、世の中にはああいう形でしか気を紛らわせられない人がたくさんいるのだと哀れになった。きちんと文句もいえない人々に怒っても、自分の大切な脳の毛細血管を切るだけだ。みんな平等に一日は二十四時間なのに、ああいうことに自分の時間を使ってよしとしている人がいる。それはそれで勝手であろう。そして標的になる立場としては、「人の噂も七十五日」とへらへらっと過ごすのが得策であるとうなずいたのであった。

恋愛には向き、不向きがあるらしい

女、賢(さか)しうして牛売り損なう

小春日和の午後、猫を膝にのせながらぼーっとしていると、なぜかわからないが唐突に、
「こんな性格の私が、結婚できるわけないわな」
と深く納得してしまった。私は今までごく普通の、まっとうな人間だと思っていた。多少、男性の好みに偏りがあり、もともと結婚はしたくないと思ってはいたが、やはり四十七歳になると、これまでの女性としての我が身を振り返りたくもなった。結婚をしなくても、数多くの男性遍歴があり、浮名を流すというのならともかく、恋愛などとはほとんど無関係に、今まで過ごしてきた。映画、小説などの恋愛ものに描いてあるような、燃え上がる気持ちもあったんだかなかったんだか、ほとんど記憶がない。それでも

若いときはあったのかもしれないが、とんと記憶がないのである。お付き合いした男性も、私と似たようなタイプで、恋愛をしているというよりも、付き合った瞬間から、じじばばのような感覚しかなく、ただお茶をすすってだらだらと話をしているといった状態だった。燃える恋の炎などというのは、私のキャラクターには合わないのでそれはそれでいいのだが、やっぱり私には何かが欠落していたのだと思わざるをえなくなったのである。

自分はごくまっとうな性格だと思っていたのに、だんだん、

「あれっ」

と首をかしげることも多くなった。私の感覚と世の中の大多数の感覚がどうも違っているのである。少し前のことになるが、梨園に嫁いだ女性が短期間で離婚して、記者会見を行ったことがあった。そのとき私はそれを見て、

「自分の離婚問題というよりも、まるでレポーターが他人の離婚を報告しているみたい。これは離婚会見ではなくて、『これからのお仕事、よろしくね』という下心がみえみえの、媚びたアピール会見ではないか」

と思ったのである。当然、みんなそう感じたと信じていたのに、私の耳に聞こえてきたのは、

「とても凛(りん)としていて素敵だった」

などという彼女を褒めた言葉ばかりだった。

「へっ？　そうなの？　あらー」

ちょっと仲間はずれになったような気分だった。

私は年を取るにつれて、頑固になってきた。若い頃は人には好かれたいから、意に反して迎合したこともあった。でも今はそんなことはしていない。はっきりと自分の意見をいうだけだ。それが大多数の意見とずれていると、正直いってあせったりもするのだが、

「ここまできちゃったんだから、このままいくしかないわ」

と結果的には開き直る。他人の離婚話に意見が違っていても、別にどうってことはないが、どうも根本的な生き方について、自分と大多数とではずれがあるような気がしてならない。たとえば不動産の値段が下がったとはいえ、マンションや安普請の一戸建てを買う神経。ものすごく大きな高層マンションは、売り出しと同時に即日完売だという。そこでのいちばん高い部屋の値段は六億だという。私は母と弟にうまいことだまされて、実家を建てさせられたが、これは私のこれまでの人生におけるいちばん腹立たしい事件の、輝く第一位である。きっと私が死ぬまでこの一位はゆらぐことがない。それも二人で住むには分不相応な広さのうえに、お金を出した私の部屋がないというのがいちばん腹が立つ。どうしてみんなそんなに家を持ちたがるのか。最初は、

「あの人たちの感覚がおかしいのよ」

と思っていたのだが、もしかしたらあの人たちのほうがまっとうで、自分が変なのかもしれない。そう結論を出さないと、いつまでたっても永遠に納得できないからだった。だいたい男性にしても女性にしても、中年になって結婚経験もなく独身でいるなんて、どこか変わり者に決まっていると自覚した。男性に対して私は普通に接していたつもりだったが、そうではなかったのだと反省した。男性に怖がられるという意味もわからなかった。

「女がはっきり物をいったくらいで怖がるなんて、そんな腰抜けの男でどうする」

自分の身は省みず、相手のせいにしていた。それが突然、

「私に問題がある」

と脳の中に信号が送られてきたのである。男性と交際中に、結婚している友だちから、

「男の人は、はいはいって持ち上げておいて、こちらがうまーく操縦すればいいのよ」

といわれた。でも私はそうはできなかった。おだてるなどというのが苦手なので、相手が悩んだりしていると、その悩みから引き上げるどころか、

「そうね、確かにそういうこともあるわ」

とますますドツボに陥らせていた。何かを決定しようとしているときも、ちゃんと優しく説明すればいいのに、ただ、

「やめれば」

と短くいい切ってしまう。あまりにぞんざいで投げやりな性格である。これが女友だちだと問題はないが、男性にはショックを与えたかもしれない。相手が女性でも男性であっても、友だちには同じような対処の仕方をしてきた。自分のお腹の中にあることはみんないわなきゃ気がすまないので、傷ついた男性の頭を言葉でぽこぽこに叩いてしまった可能性はあるのだ。

私の年下の知り合いの女性は、結婚直後、不幸に見舞われた。結婚したときは相手は青年実業家だったのだが、結婚後すぐに事業に失敗して無職になった。それまでは生活にもゆとりがあったので、義母は一人で一戸建ての家に住み、彼女たちは近くに家を購入した。そのとたんに会社が潰れたのである。幸い、義母の住んでいる家を売った代金で業者への支払いを済ませ、借金を背負うことはなかった。しかし彼女の予想とは全く違う生活がはじまったのだ。義母と同居、夫は無職。大人三人の生活と何十年もの家のローンが、彼女一人の肩にのしかかってきたのである。

「こんなことになるのなら、家なんか買わなかったのに」

夫は彼女に仕事がうまくいかない現実をずっと黙っていた。新婚の妻に心配をかけることなく、秘密裏に事を運び、事業を立て直そうとしたのだが、そううまくはいかなかった。彼女が勤めている会社は比較的給料もよく、産休もきちんととれるので、その点は不幸中の幸いだった。会社勤めをしたことがない夫は、人に頭を下げられない性格で、勤め人には向かないという。夫は独立した仕事をはじめるために、合鍵作りの学校に通いはじめ、家事は義母がしてくれる。彼女は家長となって家庭を支えなくてはならなくなったのだ。私たちが名づけた「義母愛弁当」を手に、毎日、通勤する。家のローン、必要経費を払うと彼女の小遣いは月に一万円だ。化粧品も買えないし、同僚と会社の帰りにお茶を飲むこともできないのだ。結婚式の幸せそうな姿からは想像もできない生活だった。

子どもを産んでもすぐに会社に復帰した。いつまでも家にいるわけにはいかないからである。赤ん坊の世話を引き受けている義母は、育児ストレスがたまるのか、

「あーあ、私、子どもの面倒をみるために長生きしたわけじゃないのに」

と愚痴をいったりする。それを聞いた彼女は怒る。夫はいつも彼女の味方についてくれた。義母も怒るには怒るが、彼女が働いてくれなければ、にっちもさっちもいかないので、ほどほどのところで折れるしかない。夫婦仲はいい。彼女の収入しかないということで、微妙に人間関係のバランスが保たれているのだ。

「当たり前よね。あんなに彼女が苦労してるんだから」

私がそういうと、友だちが苦笑いしながら、

「あなたねぇ、その当たり前っていうのがいけないのよ」

といった。もしも私が彼女だったら、その「当たり前」という態度が、夫にいいようのないプレッシャーを与え、プライドを傷つけてしまうに違いない。

彼女はおっとりしていて性格がいいので、人のことを悪くいったことがない。夫の再就職に関して、借りた店舗の家賃を払うのに精一杯で、とても家族を養うほどの収入がないと聞いて、

「やっぱりね」

と私はうなずいた。もしも彼女の立場だったらば、まず世の中の流れとか、地域性を考えて、職業の分析をはじめてしまうだろう。しかし彼女は、

「彼はとても手先が器用で、先生からも褒められているんです」

と無邪気に喜んでいる。そこにはこんな立場になってしまった愚痴などみじんもなかった。それを聞いて、結婚できる人とできない人とでは、ここが違うと感心した。私には、

「何があっても全面的に相手を信頼しよう」

という気持ちがない。とにかく自分がいちばん好きなのだ。そして人に対しては、あれやこれやと頭だけで考えすぎる。それは頭がいいからではなく、自分が傷つかないようにという布石でもあるのだ。「女、賢しうして牛売り損なう」の典型である。もちろん私は女であり牛である。今まで自覚がなかったが、私は男性から見たら、そうとう嫌

な女に違いない。もしも自分が男性だったら、とてもじゃないけど私と一緒に生活したいとは思わないだろう。世の中の珍味好みの男性だったらば別だが、パートナーとしては相当に問題が多い。

「ま、それがわかっただけでも、少しは大人になったのかも」

のんびりした午後、それを教えてくれた天の啓示に、私は深く感謝したのであった。

付き合う男性で女性の体型は変化する

毒を食らわば皿まで

先日、以前、よく旅行に行っていた仲間のうち、女性三人と久しぶりに食事をした。私がいちばん年長で、四十歳のAさんは夫と共にワシントンに赴任していたため、ここ何年かは日本にいなかった。三十歳のBさんは前回、この欄に登場した、結婚直後に夫の経営する会社が倒産してしまった女性だ。三十代半ばのCさんは、自分でもばりばりと仕事をこなしているが、十九歳年上の博打(ばくち)好きの彼と同棲している。私だけはぼーっと変わらない生活を送っているが、彼女たちの環境が変わりはじめたために、ここ三、四年は揃って旅行に行っていないのだ。

Cさんは、彼と同棲をはじめた頃からぷくぷくと太りはじめ、昔の面影はほとんどない。旅行の記念写真を眺めていたら、見かけないスタイルのいい女性がいて、

「あら、この人は誰かしら」

と瞬間考えて、もう一度よく見たら、痩せている頃のCさんだったとわかり、

「こーんなに痩せていたのか」

と改めてびっくりした。今は見た感じ、当時の二倍になっているが、彼とはすったもんだがありながら、相性がとてもいいようで、幸せそうではある。傍目から見ても男性と付き合ったり一緒に住みはじめたとき、みるみるうちに不幸の相が顔に現れる女性がいるが、彼女の場合は見るからに幸せ太りといった感じなのだ。

私はCさんとはひと月に一度くらいのペースで会っているので、徐々に肥大していった経過を確認しているが、久しぶりに彼女の姿を見た人はあっけにとられる。もともと顔立ちがよく、目がくりくりしていて、とてもかわいいタイプで、顔にはほとんど肉がついていなかった。だから最初は、

「あ、久しぶり」

と手を振りながら駆け寄って、彼女の姿を見るやいなや、ぎょっと後ずさりをするというのが、多くの人のリアクションらしい。まさか、

「太りましたねぇ」

ともいえず、彼らは、

「お、お元気そうで……」

と汗を拭きながら挨拶を済ませ、その場から離れたあとで、

「いったいどうしたんだろうか」

と悩む。中にはうちに電話をかけてきて、

「Cさんは御懐妊ですか」

と聞いてくる人もいる始末だった。仲のいい男性たちは、

「お前、二時間前よりはちょっと痩せただろう」

などとからかうのだが、それにも全く頓着することなく、

「何いってんのよ」

と笑いながら、彼の体をばしばし叩き、あまりの痛さに涙目にさせているのである。

Aさんは Cさんが彼と同棲してからは日本にいなかったので、どれだけ彼女が変貌をとげたかを知らなかった。中華料理店の個室で遅れているCさんを待っていると、

「噂によると、太ったらしいですね」

という。

「見たら驚くわよ」

「どのくらい太ったんですか」

「ふふふ。それはもうすぐわかる」

そういいながらお茶を飲んでいると、

「すみませーん」

と明るくいいながら、Cさんが個室に飛び込んできた。

「ぎゃははは」

そのとたん、Aさんは彼女の姿を指差して、大口を開けて笑いはじめた。

「何、笑ってるんじゃい」

Cさんが Aさんの体をどついても、彼女の笑いは止まらず、笑い袋のように大声で笑い続けていた。

「ああ、久しぶりーっ」

ひとしきり笑ったあと、彼女はCさんに向かってアメリカ式に両手を広げて抱きついた。二人は顔を見合わせた。

「あら、何だかフィットする私たち」

Aさんは胸が大きく下腹も出ていない。一方のCさんは胸が小さく下腹が出ている。そういう二人が抱き合うと、ジグソーパズルのピースがぴったりとはまり込んだようになり、

「とても安定するわ」

と二人は深く納得していた。しばらく抱き合っていたが、さすがに女同士でこんなことをしているのも何だからと離れた。

「太ったわねぇ」

席に座るとあらためてAさんが目を丸くした。

「おかげさまで。うちのおとうちゃんがデブが好きなもんで」

Cさんは明るく笑った。彼は付き合いはじめた当初、体重を気にする彼女に、

「太っているほうがかわいいじゃないか。痩せている女なんて魅力がない」

といい、酒を飲んだあとに深夜ラーメンを食べ、美食を続けていた。

「そのあげく、こうなってしまいました」

Cさんは頭を下げた。ところが彼の好きなタイプを聞くと、岩下志麻、シャロン・ストーン、松嶋菜々子と、スリムなタイプばかりである。

「それが不思議だよね」

と私がつぶやくと、Cさんは、

「私の場合は、女という対象よりも、家畜として太っているほうが好きだという意味のようです」

とけろっとしている。

「こんな体になって。これならもう誰も他の男は寄ってこないだろう」

ともいわれたそうである。二人でテレビを見ていて、松嶋菜々子が出ていると彼が、

「かわいいなあ、菜々子ちゃん」

と何度もいう。それを聞いたCさんが、ちょっと悔しくなって、

「ナナコよーん」

といいながらすり寄っていくと、

「お前は松嶋七個じゃなくて、松嶋百三十五個だ」

といって逃げる。

「私の体をこんなふうにして。一生、責任をとってもらわないと本当に困るわ」

そういいながら彼女は、運ばれてきた前菜をぱくぱくと食べた。Aさんは彼女のあまりの変貌ぶりに深い関心を寄せ、

「ねえ、毎日、どういうものを食べてるの？　どうしたらそんなに太ったの？　胃腸の具合は悪くないの？」

と熱心に質問しはじめた。もともと彼女は魚や野菜よりも肉、薄味よりも濃い味のほうが好きなタイプだった。彼もおなじ嗜好だったので、それが相乗効果になり、二人して肉や味の濃い料理を食べまくっているというのである。仕事が忙しい彼女は、家で料理を作る時間的な余裕がない。おのずと外食が多くなる。

「外食ばかりじゃ、食費は相当かかってるでしょう。いくらぐらい？」

主婦のAさんは興味津々（しんしん）である。

「うちは年間、一千万円くらいかなあ」

ことをもなげにいった直後、私たち三人は、

「いっせんまんえん！」

と同時に叫んでひっくり返りそうになった。

「いったい何をどれだけ食べれば、それだけかかるの？」

私はため息まじりに聞いた。一千万円なんて、日本のサラリーマンの平均収入のほぼ倍ではないか。

「おとうちゃんは料理を作るのが好きなんだけど、高級スーパーマーケットに行って、一度に五万も六万も買うの。そんなに買ってもしょうがないじゃないっていうんだけど、いうことを聞かなくて、肉も最高級のじゃなくちゃだめだとか、ものすごくうるさいわけ」

そういった食材をもとに、料理の腕をふるうのだが、彼女は大丈夫だが、彼は食べたあと必ず腹をこわす。

「あんな高級食材を食べてすぐに腹から出すくらいだったら、私みたいにためこんでいたほうが、よっぽどましだ」

そうCさんはいい、週に四日、焼き肉を食べにいっている事実も白状した。

サラリーマンではない彼のところに、税務調査が入った。博打好きの彼は税金にまわす金があったら、他の楽しみに遣ってしまうので、税金を滞納しているのである。調査

官は帳簿に書いてある食費に目をつけ、

「何なんですか、この一千万円というのは」

とどこかに不正に金を隠しているのではないかと厳しい目を向けた。

「夫婦二人だけで、こんなに食べるわけないでしょう」

そこへCさんが登場すると、調査官は彼女の姿を頭のてっぺんからつま先まで見つめ、

「はあ、なるほど」

とうなずいたというのである。

「納得するなっていうのよ」

Cさんは怒っていた。

「うちの食費は、大人三人と赤ん坊一人で、ひと月三万円なんです」

Bさんが小声でいった。

「三万円！　それはよくやっているわねえ」

私たちは驚いた。年間一千万円と三十六万円の食費の差。だからといってBさんが痩せたかというとそうではなく、

「そんな状況でも三キロ太った自分が情けないです」

と嘆いていた。女性であったら体重が増えるというのはとても気になることだ。しかしCさんの場合は、太りはじめに元に戻そうとする気がなく、もう今ではやぶれかぶれ

になっているのではないだろうか。

「ふーむ、『毒を食らわば皿まで』っていうやつね」

私は税金を滞納して美食を続け、毒太りした彼女を見ながら、でも、ここまで太れば見事なものだと、ある意味感心したのだった。

頭のネジがゆるまないよう自分を叱咤

盗人(ぬすっと)にも三分の理

このところ、うちの近所でピッキング犯罪が流行している。今住んでいるマンションを斡旋(あっせん)してくれた、不動産屋の男性に聞いたら、彼の顧客のうち二十人が、空き巣に入られたというのである。それほど遠くない地区では、お金を奪われたうえにお婆さんが殺されてしまったとニュースで報道していたし、
「本当に物騒だわねえ」
と近所に住む友人と話していた。
うちのマンションはオートロック方式だが、ピッキングだとあっという間に開いてしまうらしい。ニュースを見ていたら、針金をひっかけてごちょごちょやっていて、ものの数秒で開いてしまった。部屋の玄関のドアも同じである。これでは鍵がないのも同然

で、いくら、私がふだん家にいるからといって、買い物に出かけているちょっとの間に、盗人は十分に侵入できるのだ。

そんなとき、以前、自宅から徒歩二分のところに借りていた、仕事場があったマンションの隣のマンションで一千万円の被害があったという話が耳に入った。

「ひえぇーっ」

前回は年間一千万円の食費に驚かされたが、今回は一千万円の被害金額である。このところ、一千万円に驚かされ続けているのである。賃貸マンションで、住人が通帳と印鑑を一緒に置いていて、それを持っていかれた。まじめにこつこつ働いて、それだけの金額を貯めようとしたら大変なことである。私だったら絶対に立ち直れそうもない。物騒だとは思っていたものの、こんなに至近距離で大被害があったと聞いたら他人事ではない。犯人が近所をうろついているのは間違いないからだ。ニュースで事件を聞くにつけ、心配にはなりながらも、どこか自分には関係ないと思っているが、実はそうではない。すぐそこに災難が待っているのだ。

その話をしたら、知り合いの女性が、

「私はパスポートを盗まれたことがあります」

といった。会社の冬休みにヨーロッパ旅行に行く予定があり、パスポートをなくしてはいけないと、革のリュックサックタイプのバッグの、内ポケットに入れて、いつも持ち歩いていた。レストランで会食をし、彼女がリュックを会計場の前のソファの上に置いてお財布だけを持ち、支払いを済ませて戻ってきたら、リュックのジッパーが開いていた。

「財布を取り出したあとに、閉めたはずなのに」

と首をかしげ、そのまま家に帰って調べてみたら、内ポケットのパスポートが忽然と消えていたというのである。支払いをしていたのはほんの二、三分で、そのとき周囲には誰もいなかった。本当にパスポートは消え失せていたのだ。そのレストランの会計場は店の外にあり、店を利用しない人がソファに座ることは可能だ。

「あんな短時間にバッグの中からパスポートを抜き取るなんて、信じられない」

そう彼女はいっていたが、それをやってしまうのが、盗人のプロなのだろう。

慌てて都庁の旅券課に出向いて事情を説明すると、ものすごく怒られて始末書を書かされた。再発行も間に合わず、彼女は旅行を棒に振った。

「盗んだ私のパスポートをもとに、偽造したパスポートを使って、世界を股にかけて誰かが悪さをしていると思うと、ものすごく嫌なんです」

「それはそうだわねえ」

私はうなずいた。

「入国審査のときに、パスポートの私の写真とその人を見比べて違和感がないのは、相撲取りかプロレスラーしかいないと思うんですけど」

彼女は体格がいいのである。

「あのね、別にそっくりさんに持たせるわけじゃないんだから。うまーく写真もすり替えて偽造するんじゃないの。別にあなたの写真をそのまま使うわけじゃないわよ」

「ああ、そうか。それはそうですよね。私、自分のパスポートを、いくら体形が似ているからといって、ものすごいデブのおやじに使われたりするのは嫌だなって思ってたんです。そうかあ、そうですよね。あっはっは」

盗まれた彼女は、日本国の旅券課の担当者が大慌てした心中を、ほとんど察していないようであった。

日本人のパスポートは世界的な信頼度が高く、闇の世界では相当な値がつくと聞いたことがある。今、パスポートを持っていないという人のほうが少ないのではないだろうか。通帳や印鑑は気をつけるけれども、パスポートには頓着しないで、引き出しに入れっぱなしになっているケースが多い。

「うちは現金を置いていないから大丈夫」

といっても、パスポートが手に入れば、盗人はそれでばんばんざいというわけだ。盗まれる品物は、現金、パスポート、パソコンが主だという。中には帰宅したら、家財道具一式、洗濯物のパンツまでなくなっていた一人暮らしの青年もいたらしい。パソコンからタンスから、とにかく所持品のほとんどを持っていかれてしまった。彼はドアを開けてがらんとした室内を見て、引っ越しをした別の部屋に入ってしまったと勘違いをしたくらいだった。きっと盗人は作業服を着て、室内から物品を持ち出しても、違和感がないような姿をしていたのに違いない。

「誰か気づかなかったのかしら」

友だちはいったが、大家さんか管理人さんがいたのならともかく、作業をしていたら、

「ああ、そうなのか」

と思ってしまうのではないだろうか。うちのマンションでも、引っ越し業者のような服装の人が家財道具を運び出していたら、まず疑わない。それどころか、

「ご苦労さまです」

と声をかけてしまいそうな気がする。盗人をねぎらったりしたら、大ばか者である。かといって出入りする人をみな疑うというのも、心情的に嫌なものだ。とにかく自分がそうならないように自衛するしかないのである。

私は盗みの被害に遭ったことが一度だけある。高校生のときに、習い事の月謝を財布に入れていたときのことだった。急に用事ができて、先生のところに休む旨の電話をかけて、教室に戻ってきたら、財布の中のお札だけが消えていた。電話をかける前には教室に三人の男の子がいたが、戻ってきたときは誰もいなかった。現場を見ていないので、

彼らを疑うことはできないのだが、気分が滅入ったのは事実である。生徒指導の先生のところに行って、事情を話すと、教室に誰かいたかと聞かれた。うなずくと、先生は、

「うーん、うーん、困ったなあ」

と何度もつぶやきながら、頭を抱えていた。それを見た私も暗い気持ちになった。同級生は疑いたくはないが、お金がなくなったのは事実である。先生は彼らの名前を聞かず、私も名前をいわなかった。とにかく私がお金を置いて、教室を出てしまったのがいけなかったのであるが、そのとき、

「やっぱりお金って盗まれるのだ」

と悟った。「盗人にも三分の理」という言葉を思い出した。山登りする人が「そこに山があるからだ」というのと同じように、盗人に「そこに金があったからだ」といわれたら、「それは私の落ち度です」と反省するしかない。しかしそれから何となく教室内で彼らの行動を目で追うようになってしまい、そんな自分がとても嫌になった。そのとき学んだのは、「自分で気をつける」だった。

そうはいっても、貴重なものをすべて持ち歩くわけにもいかず、ご近所の災難を耳にしてからは、いったいどうしたものかと悩んでいた。印鑑、通帳、カード、パスポートなど、いつも持ち歩くという手段もあるが、以前はそんなことなどなかったのに、最近は頭がゆるんできてしまって、忘れ物をするようになった。幸い、支障をきたす物はま

だ忘れてはいないが、いつ貴重品を忘れてしまうか自信はない。家に置いておくのも不安だし、持ち歩くのも不安なのである。やはりここは自前で鍵を替えるべきだなと考えていた矢先、大家さんが、

「物騒だから鍵を替えましょう」

といってくれた。その鍵を見て驚いた。

「今までのはいったい何だったの？」

といいたくなるような、重厚な鍵だったからである。

これまでのは一般的でいくらでも合鍵が作れるタイプのものだったが、大家さんが替えてくれたのは、研究所などで使っているイスラエル製の特殊な製品だ。これまでの鍵だと、鍵穴に差し込む部分にぎざぎざがついているだけだが、今度のは差し込む部分に直径二ミリから五ミリの、すり鉢状のくぼみが数個刻んであり、見るからに、

「これはそう簡単には合鍵は作れまい」

とうなずけるほどの代物だった。片面がオートロック用、片面が部屋のドア用と、一本で二種類の機能を持っているのだ。取り替える時間はほんの五分ほど。鍵の業者さんが、ドアからはずした鍵穴の部分を掌（てのひら）にのせてくれたが、これまでの物はものすごく軽いのに、替えたほうは大きさは同じながらずっしりと重く、これだったら家をしっかり守ってくれそうだと安心できるような重量感だった。

あとはただひとつ、物忘れがひどくなったあげくに、ドアの鍵を閉めるのを忘れないことだけである。今までだと、鍵が……といい訳ができたかもしれないが、こんなにきちんとした鍵だと、今度はこちらの責任が大きくなってくる。

「とにかくこれ以上、頭のネジがゆるみませんように」

鍵はイスラエル製でも何でも、性能のよい物に替えられるけども、私の体の部品は交換できないので、しっかりせねばと自分を叱咤しているのである。

お父さんたちはもっともっと愛が欲しい

ごまめの歯ぎしり

私は結婚していないのでわからないのだが、現在、夫が家庭の入金を管理している家庭はほとんどないのではないだろうか。給与は口座に振り込まれ、妻がやりくりをする。共働きの家庭だと、それぞれの収入から、経費の負担を決めて供出し、それ以外は自分の好きなように使うという場合も多いようだ。ある日、五十代半ばの編集者の男性と話をしていたら、

「妻に家計をまかせたのは失敗だった」

とひどく悔やんでいる。いったいどうしたのかとたずねたら、月に決まった小遣いを妻からもらっているのだが、値の張る本を買うときには、妻に申請して許可が出ないとお金がもらえない。

「それはおかしいのではないか！」

と彼は怒るのであった。

彼が若いとき、会社からの給料は、現金で支給された。賞与は年に四回ある。同僚のなかには明細書を偽造し、お札の何枚かを抜いて、妻に渡す者がいたり、賞与は年に二回といって、二回分をネコババする者もいた。しかし彼はまじめに妻に全額を渡し、その中から小遣いをもらっていたのだ。世の中の流れに従い、給与が振り込まれることになったとき、同僚は動揺した。口座をどうするかが問題になったのである。またここでもある者は銀行振り込みを内緒にして一部を着服し、妻に残った分を現金で渡していた。勘の鋭い妻に察知され、全額を管理されて泣き顔になっている者もいた。そこで当の彼は、ここで自分の口座を作って振り込ませるのは男の名折れだし、いちいち金銭を管理するのも面倒だと思い、妻に全額を管理してもらうことにした。

「これが間違いだったんですっ」

彼は頭をかきむしって後悔しているのだった。

「だいたい、自分が稼いだ金なのに、どうしていちいち妻におうかがいを立てなくちゃならないんです？　自慢じゃないですが、私は女遊びもしたことがないし、ギャンブルもしません。本を読むことだけが楽しみなんです。でも全集の中には、一冊、一万円近くするものもあるので、小遣いの中からそれを捻出するのは大変なわけですよ。で、妻におうかがいを立てるんですが、素直に出せばいいのに、ああだこうだっていろいろというんです」

全集となると、十巻あるいは二十巻という冊数になり、まとまるとなかなかの大金だ。妻がそれをチェックするのも、当たり前といえば当たり前だろう。

「結局はお金はもらったんですが、冷静になって考えてみると、どうしてそんなことをしなくちゃならないのかって、腹が立ってきましてね」

彼は鼻の穴をがーっと広げて、私の顔をじっと見つめた。

「あ、はあ、そうですか。それは大変です……ねえ」

私は彼の剣幕にたじたじになった。

「それがですね、今年の四月からの振り込みに変更がある者は申し出るようにと、先日、経理のほうから連絡がありましてね。これはチャンス、最後のチャンスだと思いましてね。勇気をふるい起こしましたよ。家族の生活は守るつもりだし、贅沢をしたいというわけでもない。ただ、ただ、妻におうかがいを立てずに、欲しい本を買いたいだけなんですっ」

最後のほうは絶叫のようになっていた。これから妻と談判するという彼に、

「ご健闘をお祈りいたします」

としかいえず、私は後ずさりをして家に帰ってきたのであった。

それからしばらくして、また彼と会った。彼は私を見るなり、

「妻と談判いたしました」

と小声でいった。

「そうですか。それでどうなりました」

「きっぱりとこういってやったんです。『これからおれの稼ぎはおれの口座に振り込むようにするから。必要なお金はそこから渡す』とこう宣言したわけです」

「ほお」

「敵は何ていったと思います？」

私はうーんと考え込んだ。彼の奥さんがどういう性格の人かは知らないが、長年、そういうやり方でやってきて、急にそんなふうにいわれたら、まずびっくりするのではないだろうか。

「びっくりしたあとに、『どうして』って聞いた」

彼は黙って首を振った。そして、また小声になって、

「奴はですね、私がそういうと腹を抱えて、『わっはっは』と笑いやがったんです」

彼は顔をしかめた。予想もしなかった奥さんのリアクションに私もちょっと驚いたが、彼女はなかなか太っ腹のさばさばした性格の人のようであった。

妻の態度を見た彼は出鼻をくじかれて、しばし絶句した。宣言をするまでに彼はあれ

やこれやと悩んだ。妻に勝利するために、あらゆるケースを考えて、

「ああいったら、こうこたえる。こういうふうに出てきたら、このように切りかえす」

と何度もシミュレーションを繰り返した。そして妻と対決したのである。きっぱりと
宣言したあと、さあ、敵はどう出てくるかと身構えていたら、

「わっはっは」

と豪快に笑い飛ばされた。しばらく笑っていた妻は、

「あーら、これまでいろいろと我慢してたのねえ」

とあっさりと承諾した。そのかわり「生活費として必要なこれまでの額を下回らない
こと」「毎月、支払い明細書を見せること」を条件として提示した。これも妻としたら
当然の態度である。

「よ、よし、わかった」

彼は少しうろたえた。実は四月から昇給があり、その昇給分をごまかして自分のもの
にしようと目論んでいたからであった。

「何とかしてその分を、ごまかすやり方はないでしょうかねえ」

そんなことをいわれたって、明細書を見せれば一目瞭然である。

「それは無理なんじゃないですか」

さすがの私もちょっと呆れた。あとは夫婦が談合するしかない。

「勝てませんかねえ」

彼は肩を落とした。

「だいたいですねえ、夫が必死になって訴えたのにですよ、笑うとは何事ですか。だいたい私のことを馬鹿にしておるんです」

話しているうちに、また彼は怒りがこみあげてきたらしい。

「そんなことないですよ。口には出さなくても奥さんもお子さんも感謝してますよ」

こういう場合、そう慰めなくては仕方がないだろう。

「いーえ、そんなことはないです。私のことなど相手にしていません」

彼はこれまでどういうことがあったかを、綿々と訴えた。

日曜日、家の自室で本を読んでいて、ふと半開きになったドアに目をやると、キッチンのテーブルに、奥さんと娘さん二人が集まり、にこにこしながら、楽しそうに話をしていた。のどかな昼下がり、家族のそういう光景を目にして、彼はしみじみと家庭人としての幸せを味わっていた。時折、妻たちの笑い声が聞こえてくるので、いったい何をあんなに楽しそうに話しているのかと聞き耳を立てていたら、自分が亡くなったあとの話を、笑みを浮かべながら話しているのが判明した。ぎょっとした彼が耳の穴を最大に開き、様子をうかがっていると、

「私の部屋はここがいい」「やっぱりリビングは広めのほうがいいわ」と、三人は筆記

用具を手に、紙に書き込んでいる。じっとしていられなくなった彼が、動揺を隠し、何も知らないようなふりをしながら、

「みんなで楽しそうに何をしてるんだ」

と聞くと、下の娘さんが、

「お父さんが死んだら、そのあとどうしようかなって相談してたの」

と悪びれずにこたえた。盗み聞きをしてわかってはいながらも、そうはっきりいわれたら立場はない。上の娘さんも、

「ここは売って、一戸建てに引っ越すのがいいっていうことになったの」

とこれまた悪びれていない。さすがに奥さんは多少、気がとがめたのか、

「いつ何が起こるかわからないから、いちおう方針だけは決めておこうと思って」

と遠慮がちにいった。彼は腹の中で、

（それがそんなに楽しいことか）

と思いながらも、

「ふーん。そうなの」

と平静を装いその場を去った。しかしはらわたは煮えくりかえっていたと訴える。

「それでは、いったいどのような状態になったら、満足なんですか」

私はたずねた。すると彼は一瞬、遠くを見るような目になったあと、

「優しくしてほしいの！」

といい放った。

「もっともっと、尊敬してほしいの。優しくしてくれて、みんなして尊敬してくれたら、お小遣い制のままでもいいの！」

彼は涙目になっている。

「はあ、そうですかあ。それはまあ、頑張っていただかないと……」

いちおうはそういったものの、これはほとんど「ごまめの歯ぎしり」ではないか。どうやっても勝負はすでについている。私はもごもごと口ごもりながら、目をうるませている彼から、そろりそろりと離れたのであった。

若い頃にもてた人は馬耳東風

我が身の事は人に問え

結構、いい年齢になっているのに、着ている服が妙に若作りだったり、必要以上に化粧をしていたり、その逆に主義、宗教とは関係なく全然しなかったりする女性がいたり、誰が見てもハンサムではないのに、本人だけがそのつもりで格好をつけている男性がいたり、傍から見て不思議に思う人がいる。それが似合っていれば問題はないのだが、どう見ても本人の勘違いとしか思えない。

「どうしてそれがわからないのかしらねえ」

と友だちにいってみたら、彼女は、

「彼らは過去を捨てきれないタイプらしいわよ」

というのである。

私はそれほど親しくないが顔は見知っている女性がいる。彼女は五十歳間近だと思うのであるが、全く化粧をしていない。アレルギーがあるわけでもなく、化粧が罪悪であるとも思っていない。エコロジー運動に深く関わっているわけでもない。私はなるべくなら化粧をしたくはないと思っているが、やはり年を重ねるにつれて、自分が嫌ではない範囲で、したほうがいいのではないかという気がしてきた。したくない人はしなければいいとは思うのであるが、どう見てもしたほうがいいと感じる人はいる。もちろん化粧をすればいいというわけではなく、素顔のままでその人らしくとても素敵な人も多い。笑顔がとってもよかったり、化粧をしなくても誰もが認めるくらいのきれいな素肌を持っていたり、その人らしい雰囲気があっていい。しかしその女性は、それとは全く違うのである。彼女の顔を見ると、いつも不健康そうで年齢よりも老けて見えるので、つい口から、

「大丈夫？」

という言葉が出そうになる。時折、目やにもついていたりして、顔すら洗っていないのではないかと感じることもある。いつもどこか具合が悪いのではないかと思わせるような人なのだ。化粧でごまかすというわけではないが、大人、それも中年を過ぎたら、あまり他人に心配をかけないように身なりに気を配ったほうがいい。高価なもの、流行のもの、華美なものを身につけるというのではなく、人に対して感じはよくしたほうが

いいと思うのである。しかし彼女はそうではない。見かけるたびに、

「あらー、また老けた」

と気の毒になってしまうのだ。のちに同じような感想を持つ人が何人も出てきて、自分の感じたことが間違いではなかったと少しほっとしたのであった。

彼女と仲がいい人に、こっそり、

「彼女はちょっとお化粧をしたほうがいいと思うんだけど」

といってみたら、その人も、

「そうなのよ。私もしたほうがいいと思ってるのよ」

と同意する。なぜ彼女が化粧をしないのかと理由を聞いてみたら、

「まだ素顔でも自分はいけると思ってるの。まだまだ素顔でＯＫって自信があるのよ」

というのだ。

「素顔でいける？」

驚いて私が聞くと、彼女は黙って何度もうなずいた。傍目から見てとてもそうは思えないのに、本人はそれを確信している。

「その勘違いを何とか直してあげたほうがいいんじゃないの」

と口を滑らせたら、彼女は笑いながら、

「だめだめ。あの人には何をいってもだめなのよ。自分でこうだと思ったら、人の意見

なんか聞かないんだから」

といったのである。

素顔に自信満々の彼女は、二十代の頃、とても男性にもてたという。そのまま年齢を重ねても男性に人気のある女性はいるが、彼女の場合はそうではなくて、尻すぼみ状態で、男性のお誘いもだんだん少なくなっていった。しかし彼女の中では、自分が男性に人気があった、絶好調のときの感覚しかない。

「いつでも私は男性にもてる」

と自信を持っているし、年相応の身だしなみを整えるとか、化粧に気を配るということがないというのだ。

「でも、なぜ」

私の疑問はつきない。どこの家だって鏡のひとつくらいはあるだろう。顔を洗ってふと鏡を見る。若い頃とは違って皮膚はたるんでくる。しみ、しわが目立つようになる。顔全体が引力にさからわず、「下に下に」とまるで大名行列である。血色も悪くなる。

「それはひと目見たら、わかるじゃないの」

目を丸くした私に彼女は、

「それがわからないのよ」

とささやいてふふんと笑った。彼女の目には二十代のときの、若くしわもしみもない、同じような顔として映っているというのである。たしかに素顔でＯＫの時代はあっただろう。しかしそれから三十年たっている。彼女が持っているのは、特殊な魔法の鏡らしいのだ。

「うそーっ。それって、目の機能にものすごく問題があるんじゃないのかしら」

「そういうタイプはそういうものなんですってさ。百万人が『あの人は老けている』と認めても、自分だけはそうじゃないと思っているんだから」

私はただただ驚いてしまった。

男性でも同じような出来事があった。私は先輩である彼ととても短い時期、同じ会社に勤めていたのだが、傍目で見てもハンサムとは思えないのに、出社してくるやいなや、部屋の鏡の前に立ち、ポケットから櫛を出して丁寧に乱れた髪の毛を直すのが日課だった。そして顔をあちらこちらの角度から何度も鏡に映し、満足そうにうなずいてその前から離れるのは、だいたい十分後だった。言葉の端々から、自分は女性に人気があると自信を持っている様子がうかがえた。私は自分の感覚がおかしいのかと心配になり、昼食を食べに出たときに、同僚の女の子に、

「あの先輩ってハンサム？」

と聞いてみた。すると彼女は、

「どこが？」

といって腹を抱えて笑い、

「すごいギャグ」

とまでいったのだ。それから先輩の女性たちにも聞いてみたが、

「外見は絶対にハンサムではない」

と意見の一致をみたのである。そのなかの一人が、

「あれでも若い頃はもてたっていう話は聞いたことがあったけど」

というのを、

「それは人違いでしょう」

とみんなで笑い飛ばした。

結局、その時点で疑問は解けなかった。毎日繰り返される、彼の鏡の前の行動を横目で見ながら、首をひねり続けていた。しかし例の女性の素顔の理由を聞いて、はじめて謎が解けた。彼女も彼も同じタイプだったのだ。かつての異性にもてた自分を忘れられない。というよりも、忘れようとするというのはある程度、現実の認識があってのことだが、彼らには現実の認識がない。ずっとそのまま、いくつになっても、

「自分は異性にもてる」

と信じている。当時、厚化粧だった人は当時していた厚化粧のまま。していない人もそのまんま。思考が停止しているのだ。三十代、四十代とその節目節目に、自分は何が

似合うのか、どうしたらいいのか、私は知り合いに聞いたことがあった。客観的に見てもらうことも必要だと思ったからだが、友人のアドバイスはとても参考になった。そんなに誰も自分のことが完璧にわかるわけではない。まさに「我が身の事は人に問え」である。しかし彼らはそうではない。あまりに自分に自信がありすぎるために、他人の意見なんか聞かないのだ。

私は若い頃から、多くの男性にもてるということがなかった。どちらかというと、誰もが好きなおかずというよりも、珍味タイプだったらしい。またそういう私を気に入ってくれる男性をこちらが気に入らず、もてるなんていう時期を過ごした記憶は全くない。だからいつも現実を直視し、「ふむ、皮膚がたるんできた」「しわが出てきた」「おお、しみまで」と確認し続けた。それは辛いことでもあった。誰だって若い頃の容姿そのままでいたいと願うだろうが、そんなことは無理なのだ。その辛いことをどっと受け止めて生きていかないと、しょうがないではないか。異性にもてないよりはもてたほうがいいのかもしれないが、それだって人生の中で重要な問題ではない。きっと彼らにとっては異性に人気があるということが、重要な意味を持っているのだろう。

「勘違いな人たち」と彼らに対して呆れたけれども、よく考えてみると、彼らは幸せなのかもしれない。現実を目の当たりにしても、そうではないと思えるどこか現実ばなれした神経を持っているからだ。それによって迷惑を被っているわけでもないし、私が考えていることは余計なお世話なのだ。ずっと若い頃の感覚が抜けない人たち。私にも若い娘時代はあった。仕事で男性と一緒に外出してもトイレに行けなかったり、友だちと旅行に行くと、必ず便秘になった。それが三十代、四十代になり、どこでも誰がいても思いのままに用が足せる体になったと気づいたとき、自分の中で、ぶちっと何かが切れた。終わったという感慨があった。それでもぶちっと切れたあと、とても気が楽になった。しかし彼らにはそれがない。これからもずっと錯覚を持ち続けていく。幸せであるとはいえ、これから年を取るにつれ、何だか辛そうと、またまたお節介な気分がわいて出てきたのであった。

三年ぶりのデパート試着室

備えあれば憂いなし

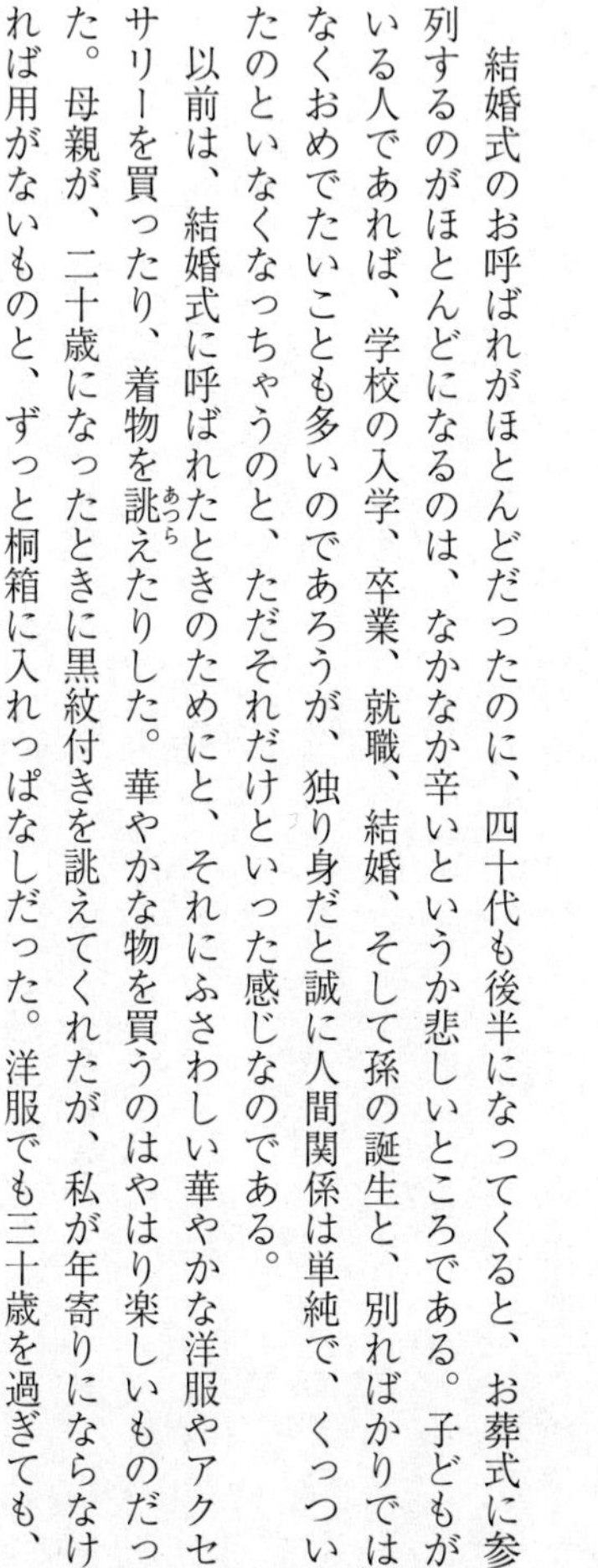

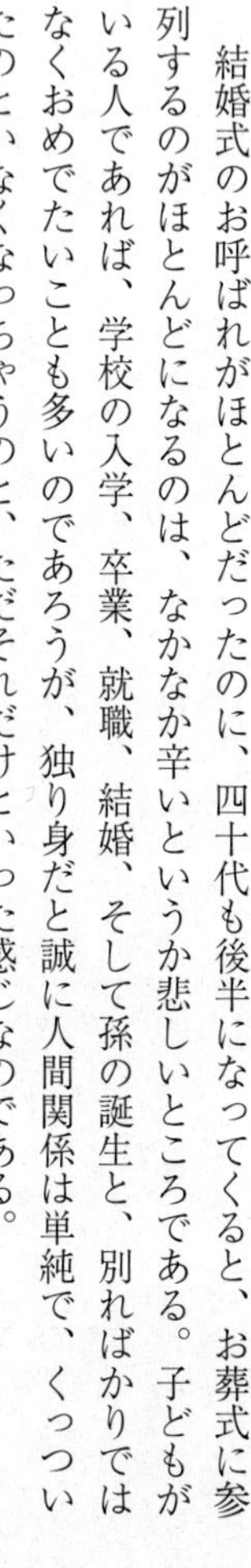

　結婚式のお呼ばれがほとんどだったのに、四十代も後半になってくると、お葬式に参列するのがほとんどになるのは、なかなか辛いというか悲しいところである。子どもがいる人であれば、学校の入学、卒業、就職、結婚、そして孫の誕生と、別ればかりではなくおめでたいことも多いのであろうが、独り身だと誠に人間関係は単純で、くっついたのといなくなっちゃうのと、ただそれだけといった感じなのである。

　以前は、結婚式に呼ばれたときのためにと、それにふさわしい華やかな洋服やアクセサリーを買ったり、着物を誂えたりした。華やかな物を買うのはやはり楽しいものだった。母親が、二十歳になったときに黒紋付きを誂えてくれたが、私が年寄りにならなければ用がないものと、ずっと桐箱に入れっぱなしだった。洋服でも三十歳を過ぎても、喪服を準備しておくという考えは全くなくなった。気楽な独身だから、夫の会社の付き合いのために、きちんとした喪服を準備する必要もなく、会社に勤務していて仕事上で必要というのでもなく、お葬式に参列する機会もなかったので、私の頭の中からは、喪服という存在は消え去っていた。「備えあれば憂いなし」なんていう言葉も、喪服に関しては全くなかった。

ところが最近はそうはいかなくなった。クローゼットを開けて、不要の洋服を処分しようとしたら、隅のほうから黒いワンピースが出てきた。それは三十代半ばのときに、何かあったときに喪服代わりにしようと買ったもので、喪服として着たのは、仕事場に借りていたマンションの大家さんのお祖母さんが亡くなられたときの、たった一度だけだった。買ったときから十年以上もたつと、さすがにデザインが顔や体型と合わなくなってきていた。しかしそれを処分すると、私には着物以外、喪服がなくなってしまうのである。

はやりすたりがなく、一度作ればそのまま一生着られるので、昔作った地味な江戸小紋の上に着る、黒紋付きの羽織を誂えようかなと思ったが、それを着た自分を想像すると、どうもしっくりこない。何かの本で読んだのだが、ある女性が黒紋付きの羽織の和装で参列するつもりだと年上の女性にいったら、未婚の高齢ではない女性がそういう格好で参列すると目をひいて、妙に勘ぐられることがあるからやめたほうがいいといわれたと書いてあった。和服で参列するつもりだった女性は、そういう目で見られるような魅力的なタイプだったのだろうが、そんなこともあるのかと驚いた。これに関しては、私はわけありといった雰囲気では全くないし、美人系ではないので、遺族の方々から勘ぐられないのは間違いないのだが、

「いつも天気がいいわけではないし、雨も雪の日もあるだろうから」

と喪服に関しては和装をとりやめ、いちおう大人として失礼のないように、それなりの服を買い求めようと、デパートに赴(おもむ)いたのであった。

ここ何年かは、普段着は通販で購入し、外出着は全く購入していなかった。自分のサイズがいったいどのくらいなのかもわからない。今の若い人はどんどん細くなって背が高く、手足も長くなっているし、私はそれとは全く正反対の体型だ。

「おばさんっぽいデザインではなく、私の入るサイズの服はあるのだろうか。いったいどのメーカーにどのような特徴があるのだろうか」

ほとんど浦島太郎状態で、きょろきょろしながら婦人服売り場を歩いていた。とりあえずは定番のブラックフォーマル売り場をのぞいてみたが、「うーん」とうなるしかない。たしかにどこに行っても間違いのない、

「いやだわ、あの人、あんな格好をして」

と後ろ指を差されることなど絶対にない、典型的な定番の服ばかりである。半袖のワ

ンピースにジャケット、デザインはいろいろとあるものの、どうも面白味がなく、第一、似合いそうにない。年齢的には十分にマダム年齢なのに、外見がどんぐりみたいなキャラクター系なので、きちんとした定番風スーツが似合わないのである。売り場の人はにこやかに迎えてくださったが、私の求める物はここにはないと、売り場を後にしたのであった。

理想としているのは、普段にも着ることができる濃紺のスーツだった。ところがパステルカラーのきれいな色合いがはやりなのか、スーツもピンク、若草色、黄色ととても華やかだ。もちろん濃紺、黒といったスーツもあるにはあるが、パンツスタイルのデザインが多い。素材も凝っていて、街着にはしゃれているが喪服にはちょっと問題がありそうだ。私が洋服をよく買っていた頃はモノトーンの服がはやっていて、濃紺の服を選ぶのは全く苦労しなかった。右を見ても左を見てもあらゆるデザインの濃紺の服があった。しかしここ何年かはモノトーンよりも色ものを着る流行になっているようだ。髪の毛を染めるのも当たり前になってきて、着られる服の色の範囲が広がったこともあるのだろう。黒い髪の毛だと似合う色も限られるが、金髪、茶髪にすれば、オレンジ、黄色、紫でも自由に着られる。それにつれてモノトーンの服はどんどん隅に追いやられていったような感じであった。

「やっぱりブラックフォーマルしかないのだろうか」

と不安になりつつ、売り場をぐるぐるまわっていると、モノトーンの服がたくさんあるコーナーがあった。ジャケットとスカートが単品で買えて、組み合わせができる。きっちり決まったブラックフォーマルよりも、こういう服のほうが、外出着としても使えるのでありがたい。値段を見てみるとブラックフォーマルの三分の二くらいの値段なのだ。早速、ディスプレイしてある服を見て、気に入ったデザインのジャケットとスカートがあったものの、これが入るかどうかが問題である。とにかくデパートの試着室に入るのだって、三年ぶりなのだ。私は店員さんに聞かれもしないのに、

「実は何年もきちんとした服を買っていないので、いったい自分のサイズがいくつかわからなくて」

とごにょごにょと弁解しながら、試着室に入った。

「どうか入ってくれ、頼むから」

服に声をかけ、ほとんど神頼みに近い状態で試着してみると、どうにか9号で入った。スカートのサイズもジャケットの肩幅もぴったりしといった具合で、いちおう入ってほっと一安心したのであるが、このゆるみからすると、これ以上は絶対に太れないということにも気がついたのである。

私のひとまわり年下の友人で、業界では大手の会社に勤めている女性がいる。会社員となると会社関係の葬儀のお手伝いなどをする機会も多いだろうと、

「やっぱり喪服って準備してあるんでしょう。お勤めしていると大変なんじゃないの」と聞いてみた。立場上、道具として喪服は必要であるし、流行などを考えると、若い女性だったら流行にも敏感だろうから、何年かごとに買い替える必要もある。特に彼女はふだん華やかな色合いの服が多く、モノトーンの服を着ることがほとんどないので、そのために準備しておかなくてはならないのだ。先日も会社を退職した元役員と会長のお葬式が続けて行われた。

「手伝うようにっていわれたんですけどね……。行かなかったんです」

「どうして」

しばらく彼女は黙っていたが、

「だって、前に買った喪服が入らなかったんだもん」

といい放った。彼女にとって喪服は、喪服としてしか機能しない。紺や黒といった色には興味がないので、備えておこうという気はなかったが、入社直後、ボーナスで一着買っておいた。ところが今回、喪服を着ようとしたら、ぱっつんぱっつんで、後ろのファスナーが閉まらない。

「買ったときは大きめだったのに、どうがんばってもだめなんです。息を思いっきり吸ってお腹をひっこめたら胸が出るし、胸をひっこめようとすると、今度は腹が出るんです」

鏡の前であっちこっちの肉をだましだまし収めようとしたが、格闘の結果、無理だとあきらめた。しかし他は赤やピンクのプリント柄でとても葬儀には着ていけない。どこかに忘れている黒い服があるかもしれないと必死になって探したら、押し入れの隅っこに黒い色が見えた。

「あ、あった」

ずるずると引き出してみたら、出てきた黒い服はTシャツとスパッツだった。たしかに黒いが、これを着ていったら遺族、参列者からにらみつけられるのは目に見えている。貯金はないので新しい喪服を買うお金がない。カードを使えば買えるけれども、彼女としては葬儀のために、お金を払うのはもったいないという気持ちが出てきたのである。

「で、腹が痛いことにして行きませんでした。今回は別に相手と親しいわけじゃないからいいんですけど、仲のいい人が亡くなると本当に困るんです。Tシャツとスパッツで行かなくちゃなりません。だから群さんも長生きしてください」

喪服を持っていない彼女の目つきは真剣そのものだった。思わず、

「あ、ああ、わかった」

といってしまった。どこまで彼女が喪服なしでいくのか興味はあるが、私くらいの年齢になると、残念ながら準備せざるをえなくなるんだろうなあと複雑な気持ちになったのであった。

若者たちを「長ーい目で見てください」

生まれながらの長老なし

十五年ほど前までは、街に出ると男女かかわらず、

「若いっていいねえ」

と思わずいいたくなるような、すがすがしい若者を見かけたりしたものだが、最近はちっとも見かけない。人前もはばからず、いちゃいちゃしているのは何だか不潔極まりないカップルばかりだし、友だち同士で歩いているのも、歩き方もしゃべり方もだらしなく、ファッションには気を遣っているのだろうが、雰囲気が薄汚い若者ばかりで、全然、楽しくない。別に顔立ちがいいわけではないが、友だちと話しているときに無邪気で楽しそうにしているとか、妙に一本気そうだったりとか、勉強はできなかったかもしれないが、性格は本当によさそうな子とか、それなりに若者らしい取り柄があったよう

な気がするが、何だか変にすれたような感じの子ばかりで、見かけは若者であるが、精神状態は中高年よりもすすけているのではないかと思いたくなる。

　私と同年輩の友だちの中には、

「歳を取ってあんな子たちに頼りたくなんかないわ。どうせ簡単に男女がくっついて、できちゃった結婚でだらだらっと子どもを産んで、躾もろくにしないで育てるんだろうから、これからの若い者に、期待できないし、したくもない」

　と体を鍛えている人もいる。

「どうせ年寄りが辛い目に遭っていても、ああいう人たちは見て見ないふりをするに決まってる。自分の身は自分で守るわ」

　というのだ。まだ老境に入るには相当間があるのに、心配性の彼女は、

「出かけるときは宝石の指輪をして出て、金を出せと襲われたときは、『これをあげるから持っていきなさい』と叫んで、指から抜いて彼らに向かって投げるのよ。相手が指輪を拾っている間に、必死に逃げる」

　と真顔になる。それを聞いていた別の友だちが、

「でもばあさんになったら、そう速くは走れないわよ。すぐに追いつかれるんじゃないの。一個じゃ足りないわよ」

　と余計なことをいう。

山のように宝石を持ち歩き、山んばに追われた猟師が、山んばの好きな食べ物をちぎっては投げ、ちぎっては投げして逃げるという昔話と同じように、次々に金、銀、珊瑚(さんご)を放り投げられればいいが、そういうわけにはいかない。

「どうやったって、無理よ」

きっぱりといわれた彼女は、

「うーむ」

とうなり続けている。

「いい考えだと思ったのに」

本気でそう考えていたことに私は驚いた。全く今の若者や、彼らの子どもたちの世代を信用していないのである。今の少年犯罪とか、世の中の状況を考えたら、それもまあ仕方ない。

「中途半端にそんなことをしないで、貧しい老婆を演出したほうがいいと思うよ。誰もそんな人、襲わないはずよ」

「それもそうだわねえ」

なるべく目立たないように、道の隅っこをこそこそっと小走りに歩く。宝飾品は一切、身に着けない。服の色も華やかな物は身に着けずに黒か茶色にする。

「やだ、そんなゴキブリみたいな生活。若い頃に一生懸命働いて、どうして年を取ったら、そんな思いをしなくちゃいけないの」

「しょうがないじゃない。これからの若い者は信じられないっていうんだからさ」

「……」

　人としては眉をひそめるような出来事を目撃しても、それはまれなケースで、多くの人はそうではないと信じたい。しかし現代のように、そこここで目を覆うような事態があふれていたら、人間不信に陥りそうになる。

「私、絶対にものすごく嫌な年寄りになりそうな気がする」

　指輪投げの友だちは、将来の自分自身の性格まで案じはじめ、

「まあ、そんなふうに悩まずに……」

　と私たちはなぐさめたのであった。

　たしかに今の若い者を見ていると、

「日本の将来は大丈夫か」

　といいたくなるのはいたしかたないが、最近、ある出来事があった。うちの近所のコンビニエンスストアに、半年くらい前から、

「どうしてこの子が採用されたんだろうか」

　と首をかしげたくなるような二十歳くらいの男の子が働くようになった。耳にはたく

さんのピアスの穴をあけていて、左耳に五個の輪っかがぶら下がっている。ピアスをするしないは個人の自由だが、見るからに無愛想で感じが悪く、顔はぶつぶつだらけで不摂生を物語っていて、歩くのもだらだらしている。そんな姿を見ては、腹の中で、

（しっかりせい、しっかり）

といっていたのである。レジを打っていてもだらっとした態度。いちおうマニュアルどおりの応対はするものの、こちらの目を見ようとしない。

「ありがとうございました」

といいながら、ぐすぐすっとそっぽを向いている始末なのである。

「うーむ、なぜあんな子を」

会社を経営している人に聞くと、とにかく今はどこでも有能な人材が不足しているという。人を見つけるのがいちばん難しく、多少、難ありでも、いないよりはましといったつもりでいないと、あれこれ腹が立つことばかりで、雇用側の身がもたないのだそうだ。まさしくその彼がそうだったのだろう。唯一、彼がコンビニの店員らしい態度を見せたのは、制服姿の中学生が四、五人でかたまって、菓子パン売り場で騒いでいるときだった。彼は陳列物を整理するふりをしながら、ただでさえ悪い目つきをもっと悪くして、彼らを観察していた。それを見た私は、

「ああ、彼も店員としての自覚があるんだ」

と少しだけ感心したのであった。

コンビニにはほとんど行かないので、またその店に入ったのは、つい最近のことだった。店内でコンビニの会社の人らしき男性と、てきぱきと話をしている青年がいる。何気なく彼の胸の名札を見て、私は驚いた。それは半年前まで、だらしなく感じが悪かった彼だったからである。ぶつぶつだった顔もつるりときれいになり、顔からは暗さがなくなっていた。声にも張りがあり、とにかく目が輝いている。前のようなすべてがぐずっとしただらしがない態度ではなく、きびきびしている。商品を見てまわるふりをして、それとなく彼を観察していたが、客が店内に入ってくれば、率先して、

「いらっしゃいませ」

と声を出す。何かを聞かれれば即座に応対する。私は彼とは何の縁もゆかりもないけれども、

「ここまで立派になって」

と感動すらしてしまったのである。

アルバイトの他の子たちが、彼にあれこれ聞いているところをみると、責任を持たされているらしい。責任を持たされて、がんばろうと思ったのか、彼なりに努力したので責任を持たされたのかわからないけれども、彼は以前とは違うタイプに変わっていたのだ。それを目の当たりにした私は、

「目先だけのことで、若者を判断してはいけない。彼らにはまだまだ変わる余地があるのだ」

と反省した。彼らも批判的な大人の視線を感じて、

「どうしてそういう目で見るのだ」

と不愉快になるだろう。だいたい若者というのは、そういう目で見られると、素直に反省するというよりも、

「それならもっとやってやる」

とひねくれたくなるものだ。そして批判的な目をする大人たちを挑発したくなる。しかしコンビニの青年は、何かのきっかけで態度を改めた。そうやって少しずつ大人になっていくのである。まさに「生まれながらの長老なし」である。

若い頃、そういう大人がいちばん嫌いだったのに、見かけで若者を判断してしまうようになった私。

「若い者はなってない」

と嘆き呆れながらも、十代の自分を思い出してみると、赤面したくなるような出来事が次から次へと出てくる。高校生のときにスーパーマーケットのアルバイトで、お客さんが買った桃を袋のいちばん下に入れて渡してしまったこと。翌日、朝礼で気をつけるようにと注意されても、まるで人ごとのように聞いていた。また日給がいいのにひかれ、

番地表示のプレートをつけるアルバイトに志願し、

「大変だよ」

と釘をさされたのに、

「がんばります」

といい張り、結局は二日で音を上げてやめてしまった。大人たちから見たら、

「何だ、あいつは。今どきの若い者はしょうがない」

といわれても仕方がない行動だった。

「そういえば、ああいうこともやってしまった。偉そうにいえるほど、当時、たいしたことはやってなかったかも」

とだんだんトーンダウンしてきたのだ。

自分の立場に甘え、人を傷つけたりする若者は論外で、そういう輩には厳しく罪を償わせたほうがいい。しかし修正可能なコンビニの青年みたいな若者は、たくさんいるはずだ。

「長ーい目で見てください」

というコピーがあったが、

「本当にその通り」

と私はうなずいたのだった。

衰えは神様からの贈り物

灯台もと暗し

ずいぶん前から、人の名前などが出なくはなってきていたが、最近、自分でもびっくりするくらい物忘れが激しい。人の名前が出なくなったときも、

「とうとう物忘れをする年代に突入したか」

とショックだった。街で久しぶりに会った編集者の名前が出なかったのが、思えば「物忘れ突入元年」だった。相手の男性は親しげに話しかけてくださるのだが、どう考えても名前が出ない。私は、

「本当にお久しぶりです。お元気でしたか」

と相手に合わせていたものの、腹の中では、

（この人、誰だっけ……）

とあせりまくっていた。汗が背中をつたっていくのがわかる。そのときはどこの出版社の人かも覚えておらず、間違いなく会ったことはあるが、名前も会社も空の彼方に消えてしまった人を前にして、

（どうかこの場が穏便にすみますように）

と願うばかりであった。不幸中の幸いだったのは、一対一で会った場合、先方の名前をわざわざいわなくても、話が進められることだった。もしも相手が二人いたら、話をするにも区別する必要があっただろうし、年上の人に、「あなたは」というのも失礼だし、彼が一人でいたことに感謝したのだった。

何とかごまかして別れたあと、私はどっと汗をかいていた。これまで母親や友人の物忘れの話を聞いて、げらげら笑っていたのだが、まさに他人事ではなくなってきた。その夜、家に帰っても名前が思い出せない。

「だいたい、感じがいい人とか、好きなタイプの人なら名前をちゃんと覚えているのよ。そうじゃない人のことなんかいちいち覚えていられないわ」

私は開き直った。彼は感じがいいと思えるタイプの人ではなかったのである。しかしそれまでは気にくわない人の名前も覚えていたし、記憶力だけはいいと自負していた。自分の好きではない人のことなのだから、思い出さなくてもいいのに、どうも気持ち悪い。思い出そうとすればするほど、名前が出てこないのだ。ところが三日くらいたって、

風呂に入って体を洗っているときに、彼の名前と会社をぱっと思い出した。

「そうそう、そうだったわ」

すべてこれで解決したのだが、三日もかかったことを考えると、暗澹(あんたん)たる気持ちになったのである。

近頃やらかしてショックだったのは、料理をしているときの物忘れである。シャンツァイが余っていたので、野菜入りのビーフン炒めを作って、その上に散らせばいいと思い、わざわざナンプラーを買いにいって作った。何の疑いもなく食べ終わり、そして台所に皿を置きにいったとき、私の目にとまったものがあった。それはシャンツァイだった。

「あら、なぜこれがここに……」

そういえば出来上がったときに、ちょっと変だなと思ったのであるが、それ以上のことは気がつかなかったのである。シャンツァイを使いきるためにメニューを決め、ナンプラーまで買いにいったのに、上に散らすのをころっと忘れている。

「うーむ」

自分自身に静かに腹を立てながら、腕組みをしてシャンツァイをにらみつけていた。シャンツァイには罪がない。私が悪いのである。

「うーむ」

どうみてもシャンツァイは、明日になったらくたっとするのは間違いなかった。捨てるのはもったいなくてできない。

「そうだ、お腹の中に入っちゃえば同じだ」

私はシャンツァイを洗って、そのままぱくぱくと食べてしまった。ほとんど意地だった。

「ふー」

時間差はあったが、腹の中で野菜ビーフンとシャンツァイは合体してくれたはずだ。ほっとはしながらも、私は自分の物忘れのひどさに呆れかえり、しばらく自己嫌悪に陥っていたのであった。

それからはこれほどひどいことはないが、作っている途中で、

「あ、これを入れるのを忘れた」

とあわてて気がついたことは何度もある。使う物を調理台にちゃんと並べておけばいいのに、ぎりぎりまで冷蔵庫に入れていたりするから忘れる。次からはちゃんと目の前に置いておこうと心に決めるのに、次のときにはころっと忘れている。二重三重に忘れるので、どうしようもないのである。あまりに恥ずかしいのでこのことは友だちにも黙っていた。

あるとき友だちが、麻婆豆腐を作って持ってきてくれた。彼女は料理が上手なので、

いつものようにおいしくいただいた。食後、彼女から電話がかかってきた。

「本当にごめんね。私って馬鹿みたい」

彼女はあやまる。

「え、何が？　どうしたの？」

あやまられる理由など何もない。

「麻婆豆腐なんだけど……」

「うん、おいしかったよ」

電話口で彼女はくすくす笑っている。

「あのねえ、肉、入っていなかったでしょ」

「えっ、そうだっけ」

そういえばさっぱりしているなとは思ったが、豆腐がくずれてもこもこしていると挽肉のかたまりのように見えるし、調味料の色で中に何が入っているかもよくわからないので、私は何の疑いも持たずに食べたのだ。

「家に帰ったらね、挽肉のパックがそのままあったの」

「あらー」

精進麻婆豆腐になって申し訳ないと恐縮する彼女に、シャンツァイ事件を白状した。

「あらー」

今度は彼女が絶句していた。お互いに慰め合ったものの、私はシャンツァイ事件を思い出してまたがっくりし、彼女もきっと自己嫌悪に陥ったのは間違いないのである。なぜそこにあるものに気がつかないのか。これは不思議なくらいである。目の前にあるのに気がつかない。昔、母親が手に裁ちばさみを持っていながら、

「はさみ、はさみはどこかしら」

と探しているのを、腹をかかえて笑ったことがあったが、同じようなことが我が身に起こっている。私の場合、料理の食材と文房具にそれがよく起こる。文房具も、

「この間、ここに間違いなくあったのに、なぜ今はないのだ」

といいながら探しまくる。最後に目撃してから使った記憶がないから、そこにあるはずなのに、ない。ある本を読んでいて、物がひとつしかないときは場所がわかるけれども、複数持っていると、所在があいまいになると書いてあったので、消しゴムもはさみもすべてひとつずつに整理した。当初はそれでよかったのだが、だんだんどこにあるかがわからなくなってきた。おまけにそれが家の中にひとつしかないので、見失うと本当に困るのだ。

消しゴムを必死に探しても見あたらず、机の引き出しの隅っこまでひっかきまわして、お尻にゴムがついたちびた鉛筆を見つけ、どうにか済ませたけれども、いったい消しゴムがどこにあるのかわからない。翌日、どうしても納得できないので、あったはずの場

所を探してみたら、何とそこにあるではないか。

「昨日見たときはなかったのに……」

まるで誰かが必要なときに隠し、用が済んでからこっそり戻したとしか思えない。たしかに消しゴムの上にメモ用紙が半分ほどかぶさってはいたが、一目見ればわかるのだ。いったい私の目はどこを見ていたのか。押し入れの中にあるものはわかっているのに、近くにあるもののありかがわからない。これも「灯台もと暗し」というのであろうか。ちゃんと見ているはずなのに、肝心なものだけが目に入らない。恐ろしいことに最初は、ショックを受け続けたが、最近では慣れてしまって、

「あら、まただわ」

としか思わなくなった。自分でも気をつけて、使う頻度の高いものは目につくところに並べておくようにしたり、買い物に行くときは必ずメモ書きをしていったりと、自衛策をとるしかない。それでもそのメモを持っていくのを忘れたりするのだから、ほとんどどうしようもないのである。

脳の働きが弱ってきたのだなあと実感するが、それもまた自然の摂理である。これも本で読んだのだが、年を取って視力や聴力が衰えたりするのも、余計な物事を見なくても、聞かなくてもいいようにという神様の配慮らしい。本当に必要なことは年を取っても覚えているという。考えてみればシャンツァイを入れ忘れても、消しゴムがなくても、

私の人生にとっては大きな問題ではないのだ。

私は若い頃、妙に記憶力がよかったものだから、それによって余計なことをあれこれ考えたことがあった。私は口から出た言葉には責任を持たなければいけないと思っているので、できない約束はしない。相手から、

「今度、ご連絡します」

といわれたりすると、そのつもりで待っている。そして、

「連絡してこないじゃないか」

と怒る。相手が嘘をついたと腹が立つのである。世の中には社交辞令というものがあって、双方、忘れてしまうのだろうが、私はいつまでたってもいわれたことを覚えているので、相手への不信感がつのる。ばったり街で再会したりしてまた同じことをいわれると、

（この嘘つきめ）

と不愉快でたまらなかった。しかし物忘れが激しくなると、細かいことはいちいち覚えていないから、人間関係もスムーズにいくことだろう。名前を忘れる人は自分にとってそれほど重要な人ではないのだ。人間の体というものは、うまくできているのだと私はこれから暢気（のんき）にかまえることにしたのであった。

女子高生の驚くべき汚な度

武士は食わねど高楊枝（たかようじ）

今どきの女子高校生はとても不潔な子が多いと聞いて、
「嘘でしょう」
と思わずいってしまった。世の中には抗菌グッズがあふれ、少し前までは朝シャンが常識になっていた。汚いからと父親の下着と一緒に自分の下着を洗うのを、心の底から嫌悪する。電車でおやじの隣に座るのすら嫌う。必要以上に清潔を気にしすぎるのではないかと思っていたのだが、実は彼女たち自身は不潔だというのである。夏場で、新陳代謝も激しい年頃だというのに、髪の毛は三、四日、洗わない。風呂にも入らない。下着や靴下は三日は替えない。朝シャンの話を聞いたときは、
「そんなに毎日、洗わなくても」

と思ったが、さすがに下着や靴下を替えないというのには驚いた。

まだ私が会社に勤めていた頃だから、今から二十年ほど前になるが、アルバイトをしてくれる男子学生が何人か来ていた。親元から送金してもらい、下宿生活をしている彼らは、当然、裕福ではない。銭湯に行く金にも事欠くこともある。

「いったい、きみらの自己衛生生活はどのようなものなのか」

とたずねたら、銭湯に行けないときは、お湯をわかして体を拭くという答えだった。それをしない子は、外に出るとすかさず風向きをチェックして、人の風上には立たないようにしていると答えた。靴下の在庫が底をつくと、下駄を一足持っているので、下駄を履いて登校する。中には汚れ物の中から靴下を全部引きずり出して並べ、比較的汚れ度が軽いものを再着用するという子もいた。

「でも、これは夏場は三ローテーションが限界です」

そういうのを聞いて、私は、

「はあ」

といったっきり、二の句が継げなかった。

しかし男子学生でお金もないというならば、そういうこともある時期、起こりうるであろうと、寛大な気持ちでいたのだ。

ところが、今の女子高校生が不潔にしているのは理解できない。下宿ではなく自宅か

ら通っている。家には内風呂、洗濯機、何だってある。それなのに、

「面倒くさいから」

といって風呂に入らず、下着も替えない。

「そんなことが許されるのか！」

と思わず叫びたくなる。私も面倒くさがりだが、そういうことまで面倒くさいと考えたことはない。

「三日も髪の毛を洗わなかったら、かゆくないの？」

と聞いた人に彼女たちは、

「かゆい」

と答え、

「だから掻いてる」

とそれでおしまい。根本的な問題は解決しようとしないのである。下着を洗うのも自分ではなく母親なのであるが、別に下着を替えないのも、母親の家事を楽にしてあげようという気持ちからではないらしい。下着の汚れ防止用のライナーをつけて着用、翌日はそれを剝がし、三日目には裏返しにして穿く。

「ひゃー」

私は仰天するばかりである。母親もいちいち高校生になった娘に、

「パンツを替えたか」

と聞くことなどしないだろうから、この実態を知ったら、私と同じように仰天してしまうのではないだろうか。

靴下に至っては、汚れどころか穴が開いていても平気で着用している。もちろん物を大切にする精神からではない。ルーズソックスを履いている彼女たちにとっては、その靴下は値段が高い。しかしいつかは靴下の寿命がくる。母親はそういう格好を見苦しいと批判して、早くやめてもらいたいと思っているので、お金をくれない。替えがないので洗えない。だから穴が開き、汚れ放題になっても、彼女たちは履き続けるというのだ。

私は自分の周囲に同じ年代の子どもたちがいないのでわからないのだが、これまで彼女たちは、やたらと人目を気にする集団だと考えていた。人と同じでなくては嫌だ。他人にどう見られるかがとても気になる。食べなくても身を飾る物にはお金をかける。とにかく見てくれ重視だと決めつけていたのだが、この話を聞いたら、全然、違うのだ。もちろん外からは下着を替えなくてもわからないし、靴下も靴を脱がなければ、穴が開いているとはばれない。しかし人にはわからないけれども、我々には自分の中で何か律するものがあったような気がするのだが、それがもろくも崩れ去ろうとしているのだ。

人に汚いといわれるのが、何よりも屈辱的なはずなのに、どうして彼女たちは不潔を通すのか。友だちもそうだから、みんなでやれば怖くない方式なのだろうか。そんな彼女たちもいちばん不潔なことは何かと聞かれると、相変わらず電車の中でおやじの隣に座ることであるらしい。彼女たちが毛嫌いするおやじたちのほうが、よっぽど清潔にしているはずなのに、風呂にも入らず下着も替えない自分たちのほうがきれいだと自信を持っている。

「うーむ」

とうなるしかない現実なのである。

お金があったら新しいルーズソックスも買うし、下着も替えるのだろう。ただし自分では洗わずに、母親に洗わせる。

「自分で洗濯しなさい」

と叱られると、履き替えた物は自分の部屋にためておいて、ある程度まとまったら捨てる。洗濯機に入れてスイッチを押して干すのすら面倒くさがる。一方、外見重視タイプも生息している。しかしこちらも事態は深刻で、身を飾るのに遣ったお金のしわ寄せは食費にくる。デパートの食品売り場の試食を片っ端から食べまくってお腹をふくらませ、缶入り飲料を買って、それを水で薄めて量を増やす。店頭に置いてある、

「好きなだけお持ちください」

と書いてある試供品も全部もらってくる。

「好きなだけ」と書いてあるので、本当に好きなだけ持ってくる。こんな調子なので、

食品売り場の試食の中で気に入ったものがあると、全部、食べてしまう。自分のことしか考えておらず、人のことなんかどうでもいい。自分がいちばん偉いらしいのである。年頃の女の子が試食品をむさぼり食っているなんて、見苦しいことこの上ない。いくら外見を飾っていても、そんなことをしたらみっともないことはわかりそうなものなのに、外見を気にしながら根本的なそういう部分には無頓着。もう私は彼女たちがいったい何を考えているのか、価値判断の基準がどこにあるのか、全くわからない。まるで昆虫のように予測ができない行動に出るのだ。

これまでデパートの食料品売り場で人目もはばからず試食めぐりをするのは、だいたいおばさんと決まっていた。私も若い頃は、

「あんなおばさんにはなりたくない」

と思ったものだった。しかし自分がおばさんになってみると、そんなにみっともないことをしている人を見る機会はあまりない。電車の座席に太った尻をねじこむおばさんも見なくなった。ただ何人か集まると、周囲に人がいようがいまいが、ものすごくうるさいということには変わりはないが、まあこれは仕方がないだろう。自分もおばさんの仲間に入ったからいうわけではないが、若い女の子たちのほうが、見苦しくかっこ悪い。こういうことがわからないのかといいたくもなるが、昆虫には、といったら昆虫には悪いかもしれないが、何をいってもわかるまいとあきらめたくなるのだ。

外見を飾るのも人の欲望のひとつだから、それを否定するわけではない。フランスの高級ブランドが開店するにあたり、地下鉄の駅まで長蛇の列だったという。始発でやってきたとか、入店まで五時間待ちだったとニュースで流していたが、たしかに暑い日ではあったが、道路に座り込んで入店を待つ人々の列を見て、

「こういう人たちは、高級ブランド品を持ってはいかんのではないか」

とつぶやいた。たしかに私もある時期、ブランド品を買ったことはある。しかし半年で飽きてしまった。理由は自分が気に入って着ている服装に合わせられないことと、やはり外国で作られた物は、純日本的体型と雰囲気の私には似合わないとわかったからだった。たしかに縫製、品質、色などは申し分なく、さすがにすばらしいのはわかったが、それと自分が持つことは別だ。だから似合いそうな友人にほとんどあげてしまった。

でも今はそれでよかったと思っている。

私は四、五十万もする高いバッグは買ったことはないが、それだけのバッグを持つのであれば、道路に座り込むようなみっともないことはしないでほしい。それは人にどう見えるかという、自意識の現れでもある。ある程度の意識を持った人々は、長蛇の列に並ぶようなことはしないだろうし、ましてや道路に座り込むようなことはしない。今の日本人は欲望のほうが先走りしてしまい、気持ちや精神が後回しになってしまっている。清潔感、金銭感覚など、かっこのつけかたがどこか違う。みっともないことの基準がど

んどん違ってきている。いくら世の中が変わったからといっても、基本的な部分は変わっちゃいけないのではないだろうか。

「武士は食わねど高楊枝」という言葉を、うちの両親や周囲の人はよく使っていたけれども、見栄を張るというよりも、毅然としていろといいたかったのではないだろうか。

その言葉は明らかに死語になったのを、私は再認識したのであった。

独り者なのにゴミが増えるパラドックス

塵（ちり）もつもれば山となる

ゴミというのは本当にやっかいなものである。あまりにゴミが多いために、廃棄するスペースも飽和状態で、そういう現実を考えると、ゴミの量を増やしてはいけないと、まじめに考えたりはするのだが、実際問題として、ゴミを減らすのはなかなか難しい。私の場合、物を書く仕事をはじめてから、紙類のゴミが多くなった。まだ仕事をはじめて間もない頃、そういった紙類でゴミ袋がいっぱいになると書いたら、読んだおばさまから怒りのお手紙をいただいた。
「ゴミ問題をまじめに考えず、生活態度がなっていない」
というご意見であった。いちおう私も昭和二十年代の生まれであるから、どこかにもったいないという気持ちはある。裏が白い紙は捨てられないのでメモ用紙に使ったり、本一冊分の校正紙の裏を使って、ノートがわりにしたこともある。しかしそれでも両面使えばゴミになり、当時私が住んでいた地域では、雑誌や新聞、ビン、缶などは資源ゴミとして分別するシステムはあったけれども、そういった、いわゆるオフィス仕様の紙類を資源ゴミとして出せるようにはなってなかったと思う。

　私が子どものときには、ゴミは本当に少なかったような気がする。どれくらいの頻度で回収されていたかも記憶にないが、道路に面した木製やモルタル製の蓋（ふた）つきのゴミ箱が、いっぱいになっていた覚えはない。母親がお米を煮て糊にしていたし、紙類をとじるのはこよりだった。

　うちの親だけではないだろうが、昭和のはじめ以前の生まれの人は、みなこよりを作るのが上手なはずだ。親指と人差し指をしめらせて、細長く切った紙をよっていくと、ひも状になる。それを何本も作って、母親は引き出しの中に入れていた。学校からのお知らせなどを渡すと、そのこよりで綴（つづ）っていたのだ。

　とにかく毎日、「もったいない」の連発で、子どもの私は「もったいない」との闘いを余儀なくされた。小皿に醤油をとっても、食べ終わって皿に残っていると、

「もったいない」

　と母親に叱られる。

「そういうときは最初は少な目にとって、足りなかったら足すもんだ。自分の食べる分

も想像できないなんて、頭が悪い」

父親にも叱られる。私は何でもどぶどぶっと入れる癖があって、しまったと思ったのと同時に、

「こら、もったいない」

と頭の上に言葉が降ってきた。もちろん御飯やおかずを残すなど言語道断。母親にいつかって米をとぐときも、米粒のひと粒も流してはいけない。それが見つかったら、目をつり上げた母親の、きつーいお叱りが待っているからであった。背中に母親の鋭い視線を感じながら米をとぐのは、小学生の私にとっては試練であった。もともと料理が好きではないので、米とぎもすすんでやっているわけではない。母親が忙しいときに命じられてしぶしぶやっていた。大雑把な性格なので、ざざーっととぎ汁をこぼしたついでに、お米が流しに落ちる。母親は落ちた米を見ていないのに、私がとぎ汁を流したとたんに、

「こらっ、またお米を流したでしょう」

といいながらすっ飛んできて、流しに落ちた米粒を指差す。

「どうして気をつけないの。気をつければこんなことにはならないのよ。とぎ汁を流すときはこうやって、手で受けなさいっていったでしょ」

本当に米をとぐのは向かないと悟った。母親も私にまかせておいたらどんなことにな

るのかわからないと思ったのか、どんなに忙しくても米とぎは自分でやり、私は大根おろし係に担当が変わった。これはなんとか私のような性格でも務まったが、やはり、

「力を入れておろすと辛くなる」

などとあれこれいわれ、ため息をつきながら大根をおろした。皮も厚く剝かない。台所でも生ゴミ入れが幅をきかせていたような記憶はない。とにかく最小限だけを捨て、あとはみんな腹の中に収めていたのだ。

　お母さんたちはみんな買い物かごを持って買い物に行き、野菜は新聞紙に包まれ、お肉は経木と濃いピンク色の薄い包装紙に包まれた。どれもこれも使った後は平たくなって、場所をとることはなかった。あのままずっときていれば、今のようなゴミ騒動にはならなかったのだろうが、簡便とゴミはいつもタッグを組んでやってくるので、簡便な生活をどうするかというのが問題なのである。

　コンビニエンスストア、スーパーマーケットは本当に便利だ。若い人など、

「コンビニが近所に一軒あれば、一生、生きていける」

という。肉、魚だけではなく、野菜もトレイにのせられてラップで包まれている。昔は新聞紙だったのに、トレイとラップがゴミになる。以前、夜型の生活のときは、朝のゴミの収集の時間に起きられなくて困ったものだった。夏場など、もう室内にゴミがあるだけで、ぐったりしてくる。いろいろと考えたあげく、スーパーマーケットで買うか

ら、トレイなどの余分な物を捨てなくてはならないわけで、商店街で買えば簡易包装だし、買い物袋を持っていけばいい。そう思っていさんで商店街に行ったのだが、私が住んでいた近所の商店街は、独り者には辛い商店街だった。

たとえば必要な物だけを買いにいくと、

「これはどう？　安くしておくから」

と他の品物も勧められる。

「一人暮らしなので、たくさん買っても無駄になるんです」

と説明すると、私の手にしているにんじんを見て、

「じゃあ、もうひと山、買っていってよ」

という。どう見ても食べきれない。

「それはちょっと……」

としぶると、

「若いんだから食べられるでしょ。はい、二袋ね。おまけしてあげるから」

といわれ、それを拒否できなかった私は、値引きはしてもらったものの、予定外ににんじんの量が増えて困った。家族がいる人は、多少、量が増えても値引きしてもらったほうがいいのかもしれないが、独り者の場合は大食いの人でない限り、量があってもあまりうれしくない。それより無駄にするのがもったいない。いくらにんじんが好きでも

三食にんじんというわけにはいかない。もともと料理のレパートリーも少ないので、どっとにんじんに重点を置かざるをえなくなった煮物を作ったが、食べているうちに飽きる。それでもふた山のにんじんは消費することができず、廃棄処分にするはめになった。生鮮食品を扱う小売店は、店に置いてある商品を売り切りたいのは十分わかる。地元の人と商店街は助け合って成り立っているのだろうが、「おまけ」がありがたくない独り者は、結局、ゴミを減らそうとして、実は生ゴミが増えるという、理不尽な状況に陥ったのである。

商店街で買おうと思いつつも、現在は小売店ではなく、スーパーマーケットで買っている。とにかく量を選べるので、食べ物が無駄にならない。でもほとんどもれなくトレイとラップはついてくる。店側もペットボトル、牛乳パック、トレイの回収ボックスを設置したりして、以前に比べればゴミに対する考え方も変わった。その中に戻せば、何となく「リサイクルに協力した」という気分になる。

しかしゴミ問題に関心がある主婦においては、そんなことは当たり前すぎるくらい当たり前で、とにかくゴミは、

「家の中に持ち込まない」

というのが鉄則なのだそうである。

私はその記事を読んで、

スーパーマーケットでその現場を目撃した。レジを通ったところに、袋詰めをするスペースがあるが、そこに女性がしゃがみ込んでいる。そこにはゴミ箱が設置してあり、私もレシートなどを捨てたりするが、何とその女性は五本のとうもろこしの葉をむしって、ゴミ箱の中に捨てている。レジを通る前には葉もひげもついていたとうもろこしは、丸裸になってビニール袋に入れられた。葉物野菜も多少色が変色している部分は、ちぎってゴミ箱行き。次は魚のトレイを開け、魚だけをビニール袋に詰めて、汚れたトレイとラップはゴミ箱の中。そして肉も同じように本体だけをビニール袋に入れ、トレイやラップはすべてゴミ箱の中に捨てられたのである。彼女は、トレイ、ラップ、食べられないとうもろこしの葉やひげを、「持ち込まない」ことを立派に実践したのであった。

私は支払いを済ませた買い物かごを手にして、呆然と立ちつくした。彼女の手際はよく、手慣れている。しかし本来ならば紙類のゴミ箱のはずなのに、そこには肉や魚の血の色をしたドリップがついたままのトレイや、野菜くずがあふれている。たしかに彼女の家庭においてのゴミの分量は少なくなるだろう。しかしだからといって、血の色のドリップがついたままのトレイをそのままゴミ箱に捨てていくのは、正直いって、

「うーん」

「持ち込まないねえ……」

と漠然と繰り返し、具体的にどういうことなのかよくわからなかった。ところが先日、

となりたくなるような光景だった。たしかにゴミは気を許すとすぐに増えていく。そういった食品が包装されたゴミを捨てるのは、スーパー側のサービスのうちと考える人もいるだろう。文字通り「塵もつもれば山となる」で、いつか使うだろうととっておいた、膨大な量のスーパーのレジ袋は、ため込みすぎればただのゴミだ。だからといって「持ち込まない主義」の徹底ぶりには、私はちょっとびびったのだった。

綿ぼこりの自主性にまかせてみる

杓子(しゃくし)は耳掻(か)きの代わりにならず

かつて私は、きれい好きならぬ汚な好きだった。一人暮らしをはじめたときも、最初はそれなりに掃除もしていたが、だんだん本が増えてきて本棚におさまりきらなくなり、ただでさえ狭い部屋の床の上を侵食してくるようになると、掃除機を動かすスペースすらなくなった。布団を敷く畳一枚分のスペースしかない。そのためにわざわざ掃除機を持ち出すのも面倒くさくなり、ほこりを吸着する雑巾で本の山の上を拭き、畳の上を乾(から)拭(ぶ)きした。そのうちそれすら面倒くさくなってきて、これはまずいと感じた時点で拭き掃除をすることにした。畳の上を見ていると、すきま風に吹かれて、小さな綿ぼこりがくるくると転がっていく。いちおうは、

「転がっていったな」

と横目で確認するのであるが、放っておく。するとそのうち、その綿ぼこりはうまいこと狭い室内を転がりまわり、他の綿ぼこりと合体して大型になる。そしてその成長したものを捨てるのが、いちばん合理的ではないかと考えたのである。私は利子がついて大きくなった綿ぼこりを、ものすごく得をした気分で、ほくそ笑みながら捨てていた。

「あのとき、無駄な労力を使わなくてよかった」

綿ぼこりは放っておけば、自分たちで勝手に移動し合体してくれる。それを待っていれば私は無駄な労力を使わなくて済む。自分が動くのではなく、すべて綿ぼこりの自主性にまかせていたのである。

きれい好きの人の話などを見聞きすると、

「とにかく汚れは溜め込まないで、こまめに掃除する」

のがポイントであるらしい。家族で生活している家だと、私みたいに不精を決めこむと、台所の換気扇などがとんでもない状態になるようだ。どろーんとしたこげ茶色の粘着質の物体が付着し、ひどいときにはそれが羽根にたまりにたまって重力に負け、だらーりと垂れてくるという。ガス台も放っておくと汚れがこびりついて削らないと取れなくなる。私の場合は油が散るような料理もほとんどしないので、掃除の度合いはそれよりもずっと少ないが、それでも自炊するので汚れる。だが、夕食を作ったあとに掃除はしない。やはり自分の基準で、「目に余る」状況になったときに、

「そろそろやるか」

と腰を上げるのである。

これまで私は、自分ほど整理整頓や掃除の能力がない人間はいないと自負していた。どうしてできないんだろうと思いはじめると気が滅入るので、

「できないんだ、どうだ！」

と開き直って胸を張ることにした。ポジティブシンキングである。ところがこの頃、テレビなどで片付けられないとか風呂に入らないとかいった女性たちの現実を知ると、

「私なんか、まだまだだわ」

とほっとした。彼女たちはこの私ですら想像もできない室内で暮らしている。ごみは捨てない。洋服は床に散らかったままの絨毯(じゅうたん)状態で、その上を踏んで歩いている。もちろん掃除はできない。台所のシンクにも汚れた皿が山積み。ガス台に至ってはこげ汚れなどがこびりつき、まるで溶岩のようになっていた。

「すごい、すごい」

私は喜んで手を叩いた。ここまで何もしない人がいるとは。まだまだ私は汚な好きの修業が足らなかった。自分のはるか上をいく人々を知って、

「この人たちに比べれば、私は立ち直れるかもしれない」

と希望を胸に抱いたのであった。

現在住んでいる部屋は、前に住んでいた部屋よりも広い。前の部屋のときは、家に来た人からも、

「きちんと片付いていますね」

といわれていた。今と同じく床がフローリングだったことも関係している。畳の上の綿ぼこりはそれほど目につかないのだが、フローリングの上のごみはとてもよく目立つので、畳の部屋のときよりは熱心に掃除はしたかもしれない。それでも毎日はやっていなかった。今の部屋はフローリングのリビングルームの広さが前の倍になった。広くなったのはありがたいが、私にとっては掃除しなければならないスペースが倍になったということでもある。他の部屋は畳と絨毯敷きで、それほどほこりが目立つわけでもない。さすがの汚な好きの私も、リビングルームのそこここで、ころころと転がり続ける綿ぼこりを見ているわけにはいかなかった。狭い部屋だと綿ぼこりはうまくひとつにまとまってくれるが、ある程度の広さを超えると、さすがに綿ぼこりも途中で力尽きるのか、あっちこっちに中途半端な大きさで、電気のコードに引っかかって停滞する。こちらもこまめに掃除をするしかなくなってきたのである。

世の中の掃除道具の充実もあり、掃除機を使わずに手軽に掃除ができるようになったのは、汚な好きの私にはありがたかった。掃除機は私にとって便利なようでとても不便な家電のひとつだった。今の部屋に引っ越したときに、吸引力が強く排気が外に出ない

という点に惹かれて、外国製のばかでっかい掃除機を買ってしまった。ところがいくら前より広いといっても、しょせんは東京の世帯向きマンションであるから、外国の部屋とは広さが違う。「杓子は耳搔きの代わりにならず」ということも忘れて、巨大な掃除機を引き回すはめになった。取り出しやすいからと目立つところに置くわけにもいかず、人目につかないところに置いておくが、そこは物の出し入れという点では、不便な場所である。よっこらしょとホースの扱いに難儀しながら巨大な掃除機を引きずり出す。ぐいっと力を入れてホースをたぐりよせると、反動でとてつもなく重い本体がころっと横倒しになったりする。そのたびに、

「ちっ」

と舌打ちをして元に戻さなくてはいけない。最初は物をどかすのが面倒くさいので、見えている部分の床だけを掃除していたのだが、あるとき物をどかしたその陰に、綿ぼこりの団体が潜んでいたのを見つけて、

「これはだめだ」

と観念した。掃除の前に椅子だのくずかごだの飾り物だのを移動させてから、掃除機をかけるべきなのだろうが、こういう性格なものだから、やっている途中で、

「あー、面倒くさ」

ということになり、掃除への意欲も失せてくる。とにかくせっかく意欲が出てきたの

に、それを減退させてはいけないと、見えている部分だけ掃除機をかけ続ける。そして手抜きの罰があたって、綿ぼこりの団体と対面するはめになるのだった。

「このままでいいわけがないではないか。何とかしろ」

自分で自分を叱りつけた。これが哲学的な問題ならまだしも、掃除についてというのが我ながら情けない。それからは自問自答の日々である。

○なぜ掃除が面倒なのか――

巨大な重い掃除機を出すのと、置いてある物を移動させるのが面倒くさい。

○掃除機を使わないで済ませられる方法はないのか――

毎日、フローリング用の簡易モップを使えば、ひんぱんに掃除機をかける必要はないように思われる。

○物をいちいち移動させなくてよい方法はないのか――

もとから床に置かなければ、問題はない。

ひとつひとつ考えていって、

「あ、なーんだ。そうだったんだ」

と大きくうなずいた。最低限の家具はともかく、掃除のときに動かさなくてはならない物を置かなきゃいい。物がなければ置きたくても置けないということに、やっとこさ気がついたのである。私は何でもとりあえず床や棚の上に置いておく癖があって、本やビデオが積まれていたり、アロマテラピー用のアロマポットが置いてあったりする。物を減らせば八〇パーセントの問題は解決しそうだった。置くような物がなければ置きたくても置けない。残りの二〇パーセントは私のやる気で、それにすべてがかかっていたのである。

私は猛然とやる気を出し、処分できる物はバザーなどに積極的に出して収納スペースを空けた。それもぎっちり詰め込むと整理整頓はうまくいかない、七割程度に物を入れておくのがよろしいと本に書いてあったので、その通りにした。台所もリビングも、嘘のように片付いた。便利だからとスポンジや調理器具をシンク周りや調理台に置いてあったので台所の掃除も億劫だったのが、何もないと石鹼をつけてごしごしとシンクも磨ける。いろいろな物を倒してむっとすることもない。

「ほっほっほ」

ぴっかぴかになったシンクを見て、私は大満足で大笑いした。ついでに調理台もガス台も一気に磨き上げた。もう光り輝いている。

「ほっほっほっほっほーっ」

調子に乗った私は簡易モップでフローリングの床を乾拭きした後、汚れが目立つところを固く絞った雑巾でこすりとった。

「んまー、何てきれいなんでしょう」

　これほど床面が見え、きれいになったことはこの部屋に引っ越してきてから七年であるが、はじめてではないだろうか。やっと汚な好きから抜け出られそうだ。ただ風呂場の床磨きにはものすごく難儀していて、元の汚な好きに戻りたくなるが、ちょっとでも汚れが落ちてきれいになったところを見ては、

「ここを見よ！」

　と指を差して自分を叱咤している。そしてこれからもずっときれい好きが続くようにがんばろうと、私にしては珍しくやる気になっているのであった。

非常持ち出しの優先順位トップは、我が相棒

餅は餅屋

夜、猫を膝の上にのせて、ぼーっとしていると、ふと、
「こういうささやかな幸せを奪われるというのは、どういうときだろうか」
と思うことがある。今の世の中、予想もつかない出来事が起こりうるから、いってみれば毎日が危険日といっていいのだが、多くの人は自分だけは遭遇しないと思っている。私もそのうちの一人である。これまで運だけで生きてきたようなところがあるから、運に妙に自信があるのだ。
「学生のとき、バス停で並んでいたとき、隣の嫌な女めがけて鳥のフンが落ちてきたではないか。三十センチずれていれば、こちらの頭に落ちていたはずなのに、そうならなかった」

運がいいと感じたときの思い出がよみがえってくる。

「ほほほ、そうなのよねーっ」

私はほくそ笑む。するともう一人のネガティブな私が出てきて、

「でも、買ったばかりのスエードのコートを着て外に出たとたんに、ハトのフンを肩にくらったことがあったね」

と十数年前の出来事をささやく。

「そうだった……。家を出てたった五分でフン爆弾を受けて、どうやってもシミはとれないといわれて、泣く泣く処分したのだ。ものすごーく気に入って、財布をはたいて買ったコートだったたんだっけ」

そのとき私はショックのあまり、

「かーっ」

といいながらものすごい勢いで駅まで駆けていった。体内からわきあがってきた怒りのやり場がなく、周囲を威嚇(いかく)するのと走ることでしか発散できなかったのである。

「うーむ、運がいいのか悪いのかわからなくなってきた……」

しばし悩んだが、鳥のフンくらいだったら命がどうのこうのといった問題にはならない。やはり命が危機に至るような状態に出くわしたら、幸せとはいえない。

「やっぱり天災だな」

天災はどうしようもない。阪神淡路大震災をはじめ、芸予地震、東北でも大きな地震が起きてきている。東京だけが起きていないというのが、ひたひたとこれからやってくるようでちょっと怖い。この間、東海地震の被害の見直しが行われて、新たに太平洋沿岸に津波の危険性があると発表された。三メートルから九メートルの津波が押し寄せる可能性があるといっていた。実はその地域の中に、友だちと余生を過ごそうと話をしていた地域が含まれていたのである。

早速、私たちは頭をつきあわせた。

「どうする？　津波」

どうするっていったって、どうしようもないのだが、いちおう話さねばと思ったのである。友だちが海好きなので、海が近いところがいいとその場所を選んだのだ。

「しょうがないんじゃないの。ああいうもんは来るなっていったって来るんだから」

「せっかく候補の場所が見つかったのにねえ」

「やっぱり買うのはやめて、借りたほうがいいって。買ってすぐに津波がやってきてだめになったら、えらいことになるわよ」

結局、たいした結論は出ず、

「なるべく海の近くには住まないで、海が見たいときは歩いていく」

ということで落ち着いた。しかしそこに引っ越す前に天災が来ることも十分ありうるので、これもまた決定ではなく予定でしかないのだ。

その夜、ベッドに寝て天井を見ながら、

「天災ねえ……」

とつぶやいた。もしかしたらその日、夜中に地震が来ることだってありうるのだ。怖くてたまらないわけではないが、

「そういうことだって、十分ありうるよなあ」

と漠然と考える。寝室をあらためて見回してみたら、隅に赤いデイパックがあるのに気がついた。ふだんは当たり前のようにそこにあるので、目につかなかったのだが、その場所に鎮座してから数年経過という事実に気がついたのである。デイパックは災害避難用のグッズが入ったもので、阪神淡路大震災のあと、

「天災は他人事ではない」

と肝に銘じて購入したのであった。

実はその前に自選の緊急避難用の持ち出し用品をまとめておこうと、必要だと思われる品々を手持ちのデイパックに詰めようと並べてみたら、ものすごい量になった。すべて、

「これがあったら便利かも」

という基準で選ばれたもので、自分としてはどれもはずせない。とにかく詰め込める

だけ詰め込み、ぱんぱんにふくれあがったデイパックを背負おうとしたら、欲張りすぎてとてつもなく重くなってしまい、背負うことができない。何か減らさなければとあらためて袋を開けてみても、どれもこれも必要な気がして、減らせないのである。首をかしげては中から取り出し、また袋の中に入れるというその繰り返しだった。いくら持ち出し用品をまとめたとしても、持って逃げられなくては何の意味もない。そこで私は市販の防災グッズを購入し、そこに下着の替えなど、最低限の品物を追加して備えておくことにした。市販の物だったら内容もよく吟味され、コンパクトに落ち度なくまとめられていると思ったのである。

「究極のサバイバル緊急避難用品セット」と名付けられた防災グッズが届いた。自分で作ったのとは違い、軽くて有事の際もすぐに背負って避難できそうだ。大人二人分、三日間の対応ができるという。私は待ってましたと中をしらべてみた。ラジオ、懐中電灯、ろうそく、耐水マッチ、電池や火を使わない全天候型ライト、ホイッスル、缶切り、ビニールポンチョ、スペースブランケット、ファーストエイドキット、軍手、タオル、水、固形の保存食など、必需品が詰められていた。自分で作ろうとしたときは、水もペットボトルに入った物を使おうとしたのでかさばったが、中に入っているのは袋にパックされたもので、かさばらず軽い。

「やっぱり『餅は餅屋』だねえ」

と感心し、これで何があっても安心だと満足していたのだ。

そしてこの間、使うことがなく、ほったらかしになっていたデイパックに気がついたというわけなのである。使う機会がなかったというのは、喜ぶべきことなのかもしれないが、中には水や食品も入っていることだし、日付を点検する必要がある。万が一、その日の夜、緊急避難を要する出来事が起こったとして、無事、避難できたとしても期限切れの水を飲んで腹を下したりしたら、元も子もないではないか。私は人生の流れとしては大きな運をもらっているが、鳥のフンとか肝心なときに腹下しとか、つまんないことに運が悪くなるタイプなのである。おそるおそる点検してみたら、見事に水も食品も期限切れだった。水は鉢植えの植物にやり、食品は捨てた。その他、自分で入れた着替えなどが出てきた。

「そういえばこんなTシャツ持ってたっけ」

懐かしい品々が次から次へと出てくる。靴下、パンツなども、

「おお、こんなのも持ってたなあ」

と思わずいいたくなるような物ばかりである。まるで年末の畳替えのときの新聞を読むみたいに、ひとしきり感慨にふけったりした。そして底にフィルムのケースが転がっていた。いったい何だろうかと手に取ってみると重い。蓋を開けたら中からはたくさんの十円玉が出てきた。

十円玉は当時、離れて住んでいる家族、友人に連絡を取るために、公衆電話を使うときに必要なので、必ず避難用品の中に入れておくようにと雑誌に書いてあったのに従ったのだ。当時、誰が今のように携帯電話が普及すると思っていただろうか。今はほとんどの人が携帯電話を持っているから、十円玉など必要ではなくなったし、だいたい、公衆電話の数そのものが少なくなっている。私は携帯電話を持っていないので、十円玉は必要といえば必要なのだが、防災グッズを購入したときほど、重要なものとはいえなくなった。本当に世の中の動きは早い。

パック入りの水や固形の保存食を補充し、自分で必要と思われる品物を詰めた。「パンツだけじゃ冷えるから、膝上までのパッチも入れとくか」とか「靴下も厚手のものにしておこう」とか、明らかに年を取るのに伴った必需品が新たに出てきた。念のための生理用品を手にとって、

「もしかしたら、これも何年後かには、いらなくなるかも」

と思いつつ、いちおう中には入れておいた。

寝室にほったらかしにしておいた防災グッズは、まるでタイムカプセルのようだった。中身を入れたり出したりしていると、そばに猫がやってきて、一緒になってじーっとのぞき込んでいる。防災グッズを買ったときには、この猫もいなかったのだ。

「そうだよね。あんたが非常持ち出しの優先順位のトップだよね」

水や食料も必要だが、やはり命あるものは放ってはおけない。私の防災グッズ必需品のチェックはまたやり直しになった。猫のエサなども必要だし、キャリーケースもいる。

「ううむ」

いくら荷物を減らそうとしても減らせられない。このままじゃ、また持ち出しできないくらいの大荷物になってしまう。

「どうすればいいのかにゃあ」

私は興味津々で防災グッズの匂いを嗅いでいる猫を横目で見ながら、途方にくれたのであった。

食事制限せずに瘦せられる秘策

牛に引かれて善光寺詣（まい）り

以前、喪服が入らなくなっていた女性であるが、その後、週に四回の焼き肉店通いが続き、どんどん成長していた。しかしいちおう女性なので、二十代の面影がなくなった体型を見て、

「これはちょっとまずい」

とさすがに反省したらしい。そこで運動をはじめたり、ダイエットをするというのが普通であるが、彼女の場合はとにかく辛いこととか、我慢が大嫌いなので、はなからそういった考えはない。

「それじゃ、どうやって瘦せるの？」

と聞いた私に、

思わず、

「ふふふ、秘策がありまんがな」

と不敵に笑う。私も運動もダイエットもしないで痩せる秘策とやらを知りたいので、

「何、それ、どういうの？　教えて」

と前のめりになった。すると彼女は思わせぶりに笑いながら、

「誰にもいっちゃいけませんよ」

と小声でいう。

「いわない、いわない。ぜーったいにいわない」

首を何度も横に振ると、彼女は、私の耳に口を寄せて、

「赤パン」

とつぶやいた。

「は？」

もう一度聞き直すと、間違いなく彼女は、

「赤パン」

といい、

「効くんですわ、これが」

とまるで自分が発明したかのように胸と腹を張った。

「赤パンって、パン？」

黒パンや赤米というものがあるから、ダイエット効果がある赤パンもあるかもしれない。

「違いますよ、パンツですよ。穿くパンツ。赤パンを穿くと体が活性化してきて、脂肪を燃やしてくれるんです」

「それはサウナパンツみたいなもの？」

「サウナパンツは穿いて運動しなくちゃいけないけど、赤パンはただ穿いてるだけでいいんです。穿いてるだけで痩せるんです」

「嘘だあ」

国立の有名女子大学を卒業している、偏差値の高い彼女が、こんなことを信じているとは思えない。

「嘘だと思うでしょ。ところが違うんですねえ。痩せるんですよ」

赤パンツの広告には痩せた人の着用前と着用後の写真が載っていて、明らかに赤パンを穿いた後に痩せているといい張る。

「私も最初は本当かなって疑ったんですけど、穿いたとたんに一キロ痩せたんで、これはいけるなと思いました」

ふだんの生活でも一キロや二キロの変動はある。ましてや三十九キロの人が一キロ変動があったというのなら、それもそうかなと納得できるが、推定六十キロ台半ばとおぼしき体重の一キロの変動なんて、トイレに行ったあとでも減るのではないだろうか。しかしそれでも彼女は、一キロ痩せたのは赤パンのおかげだといい張るのである。

「ふーむ」

腕組みをする私に、彼女は、

「今に見ててくださいよ。半年後にはオードリー・ヘップバーンみたいになりますから」

と自信満々だ。かつて彼女は「ローマの休日」のオードリーのショートカットの真似をして、髪の毛を切ったものの、鳳啓助に似てしまい、「オオトリ・ヘップバーン」と呼ばれたことがあった。しかし今度は間違いなく彼女のようにスリムで美しくなるといい張る。

「赤パン効果を楽しみにしてるわ」

私はそういって彼女と別れた。

それから彼女は赤パンを穿き続けた。赤い色だったら何でもいいわけではなく、素材にも秘密があるらしい。普通のパンツからしたら高い値段なのだが、洗い替えが必要なために三枚購入した。ところが毎日取り替えるものだから、洗っているうちにどうしても生地がへたってくる。それでも一枚の値段が高いので、彼女はその三枚を繰り返し繰り返し穿き続けていた。あるとき、朝、シャワーを浴び、赤パンを穿いただけの上半身裸で、会社に行く前の化粧をしていると、朝ご飯を作ってくれている、年上の優しい彼がドアをノックした。

「はいよ」

彼女は返事をし、その姿のまま鏡に向かってアイラインを引いていた。ドアを開けた夫は彼女の姿を見て、

「当選ですか」

といった。

「何や、当選って」

「だるまに目を入れてるのかと思った」

「どうしてそんなことというの。レディに向かって」

「どこがレディや。そんなぶくぶくの赤パンなんか穿きおって。鏡をよく見てみい。本当にだるまそっくりや」

彼女は彼を追い出し、なるべく鏡を見ないようにして、体型を隠すふわっとしたシャツと、下半身を細く見せる黒いスパッツを着用して家を出た。

それから彼は、朝のシャワーをすませて風呂から出てくる彼女を待ちかまえていて、

「よっ、坂口征二」

「カレリン、お前強いなあ」

などと、レスリングの赤パンの勇者の名前をいいながら、上半身裸の彼女の肩を叩くようになった。

「あなたさあ、いくら夫婦同然とはいえ、よくそんな姿で風呂から出てこれるねえ。何かはおったりしないの？」

いくら乳を丸出しにしているとはいえ、赤パン一丁で、風呂から湯気をたてたくましい体が出てきたら、やはりリングの花道のように、思わず肉のついた彼女の肩を叩きたくなるだろう。

「どうせこれから服を着るのに、脱ぐのがわかってるのにはおるなんて、面倒くさくないですか」

彼は懐が深いと感心していたのだが、さすがに最初は面白がっていた彼も、

「また、そんな格好をして」

というようになり、しまいには、

「牛は赤い物に向かっていくのに、自分で赤いものを着とる」

とつぶやくようになった。

「軽く首を絞めてやりましたけどね」

私は彼に同情の念を禁じえなかった。

彼女の肉好きはみんなが知っていて、狂牛病騒ぎになったときには、まず彼女の顔が

頭に浮かんだ。とにかく肉がなければ生きていけないような体質なので、いったいどうしているのかと思っていたところ、ひと月後、彼女に会うことになった。すると肩のあたりや尻まわりが少しすっきりしている。

「痩せたんじゃないの」

と聞くと、

「わかりますか。そうなんです」

とうれしそうだ。赤パンの効果かと驚いたが、すでに赤パンはやめていた。

「尻の重さに耐えられなかったんですかねえ。すぐによれよれになってきて、一枚に穴があいたと思ったら、あっという間に次々にだめになって」

新調するにも価格が高いので、廃棄処分にしてそれっきりになったという。

「いやあ、それが肉を食べるのをやめたら、六キロも痩せちゃって」

騒ぎがあってから、さすがの肉好きの彼女も、週に四日の焼き肉店詣(もう)でをやめたら、自然に体重が減ったというのである。もちろん運動もせず、他の食事は腹一杯食べている。それなのに肉を食べるのをやめただけで六キロも減ったのだ。

(いったい今までにどれだけ食べてたんだ)

必死に運動をしたとしても、ひと月に六キロ減らすのは大変だ。彼女を見ていると、摂取カロリーよりも消費カロリーを意識的に増やすような生活をしているとは思えないから、減った六キロ以上分のカロリーを肉で摂取していたことになるのではないだろうか。たとえばケーキを食べて二キロ太ったとしても、それをやめただけでひと月で二キロ痩せるだろうか。私も経験があるが、体重は増えるのはあっという間だが、減らすのはとてつもなく長い時間がかかるものなのだ。

「はあ、なるほどねえ」

赤パンと同じように私は驚いた。彼女が焼き肉を食べまくって、ずんずんと成長しはじめたとき、彼に、

「狂牛病は脳がスポンジ状になるらしいが、お前は体がスポンジ状になる、別の狂牛病なんじゃないのか」

といわれた。ところが六キロ痩せたのを見ると今度は、

「とうとう病気になって痩せたか」

といわれているという。

「結局、太っても痩せても、牛から離れられないんです」

そうはいっても、彼女はちょっとうれしそうだった。彼のほうは焼き肉を食べたいらしいのだが、彼女はまだ許しを出しておらず、彼はそれに従っている。彼と会って、

「いろいろと大変ですねえ」

というと、彼は苦笑いをしながら、

「うちは何だかんだいっても、文字通り、『牛に引かれて善光寺詣り』なんですわ」

という。

「あたしは牛か」

彼は頭をぴしっと叩かれる。それでも彼は幸せそうだった。世の中には不幸な牛もいれば幸せな牛もいる。私は彼女が太ったとか痩せたとかいう問題を超越した、幸せな牛だとわかって、よかった、よかったと喜んであげることにしたのであった。

二〇〇二年は肝の据わった人生を

人事を尽くして天命を待つ

　二〇〇一年九月十一日の夜、私はたまたまニュース番組を見ていた。画面にはニューヨークの世界貿易センタービルから、黒煙が上がっている状況が映し出されていた。ニューヨークの街を見下ろす遊覧飛行もあると聞いたことがあるから、間違えてぶつかったのかなと思って見ていたら、右下のほうに旅客機が飛んでくるのが見えた。あれ、どうしたのかなと見ていると、大きな爆発が起こった。

「これは……」

　思わずつぶやいたとたん、アナウンサーが、

「これは事故ではありません」

と叫び、ペンタゴンでも飛行機が墜落したとあって、大騒ぎになった。大変な事件が

起こったと思う反面、私は妙に冷静に画面を見ていた。ああいう光景はビデオや映画で、今までたくさん見てきた。フィクションの中であまりに見すぎていたので、まるでニュース番組が映画に切り替わったようなくらいの感覚でしかなかった。大変なことが起こったとわかっているのに、淡々と黒煙が出、倒壊しているビルを画面を通じて眺めていたのだが、そのうち胸がざわざわしてきて何とも不愉快な不安な気持ちになり、私としては珍しく不安定な気分になって、眠りについたのである。

そのとき私の友人は、外で食事をしていた。たまたま店には他に客はいなかった。すると店の人が、

「ラジオをつけていいですか」

と聞いてきた。

「いいですけど、何かあったんですか」

とたずねると、ニューヨークの世界貿易センタービルに飛行機がぶつかって……というので、友人も驚いて一緒にラジオを聴いた。翌日、その話を聞いたのだが、友人は、

「映像を見ないで、出来事だけを聴くっていうことが、こんなに不安になるとは思わなかった」

といっていた。音だけで状況を聴いていると、本当に恐ろしくなってきたというのである。私はあとでじわじわと妙な不安感はわいてきたが、テレビで見ているときはそう

ではなかった。

「ふーん、そうなのか」

とただ眺めていたといったほうがいい。画面のほうが生でリアルな映像を送るはずなのに、そちらのほうがフィクションのような気がして、ただ状況を声だけで説明しているラジオのほうがよっぽどリアリティがあったというわけなのだ。

「映像を見ているとすべてを伝え、何でもよくわかると思っているけど、それって錯覚なのかもしれないね。実は映像でわかることなんて、本当のことでもたいしたことでもないのかもしれない」

私たちはうなずきあった。もちろん映像を見ていて、いろいろな知識を得る機会もたくさんあった。しかし同時多発テロの映像を見、それからその事件を喜ぶ中東の一部の人々の映像を見て、

「これはいくらでも情報操作や洗脳ができるな」

と思うようになった。いちばん身近な世の中の現実が、テレビの映像では嘘っぽくしか見えないというのが、恐ろしかった。

事件が起こった翌日、私はずっと胸騒ぎがしていた。すごく嫌な気分だった。珍しくあれこれ考えた結論は、

「人間、いつ死ぬかわからない」

ということであった。思えば小学生のとき、死ぬことがとても怖かった。明日死んだらどうしようなどと思いはじめると、怖くて布団の中で目がつぶれなかった。しかし必死で起きていようとしても睡魔に負け、チチチチと雀が鳴く声で目を覚まし、死んでいることはなかったのである。高校生のときは若くして死ぬのは美しいことのように考えたりしたが、ただそれは本や映画の主人公に憧れているだけだった。社会人になったらそんなことなど考える暇もなく、ただ働いた。ノストラダムスの大予言もはずれて、

「人類には二十一世紀がやってきたのね」

と思っていたら、こんな事件が起こってしまったのだった。

「うーむ」

と腕組みをして考え続け、私の出した結論は、

「もういつ死んでもいい」

だった。生きられる可能性があるときは、それなりに努力するけれども、そういう状況になったら腹をくくろう。嫌な気分の元凶は、いつ起こるかわからない、私を傷つけるであろう出来事に対する不安だ。しかしそれは起きるかもしれないし、起きないかもしれない。そんなことを悩んでいても仕方がない。結論なんて出るわけもなく、そんなことでずっと悩み続けるなんて、ただでさえ気の短い私には鬱陶しくなってきたのだ。若い頃はまだやりたいこともあったから、

「ここで何かあったら、何のために今まで過ごしてきたかわからない」

と死に対して恐れていた。もしかしたら味がいいからと、有機野菜を買ったり、添加物のない食品ばかりを選んで買っていたことも、つきつめていえば死に対する恐怖の現れだったのかもしれない。ところが、あの事件以来、妙に私は開き直れた。自分でも驚くくらい、さばさばしてしまったのだ。ラジオで事件を知った友人は、二日たっても三日たっても、

「まだ、胸がざわざわしている」

といっていたが、そのとき私は仁王立ちになって、

「もう、私はいつ死んでもいいって、開き直ったわ」

と笑って宣言できるようになった。あの事件があって、ふっきれた。「人事を尽くして天命を待つ」という言葉があるが、それに近い心境になったのである。

今までの人生を考えると、やり残した事柄は全くない。うちの母親などは、娘の私が五十歳近くなっているというのに、

「子どもはともかく、本当に結婚する気はないのか」

と仰天するような発言をして、

「まさか、呆けたのでは……」

と私を不安に陥れたりするのであるが、結婚や出産は興味がないので別に経験しなく

てもどうってことはない。仕事に関しては、本当に恵まれていて親切にしてもらった。もちろん嫌な奴もいたが、優しく見守ってくれた方々はその何十倍もいた。私の年齢を考えれば、分不相応な収入にもなり、欲しい物は何でも買えるような立場にもなった。それを母親や弟に搾取されるようになるとは想像もしていなかったが、身内は軽く脅しをかけておけばおとなしくなる。もちろんいいことばかりではなかったけれども、悪い出来事のあとにはその何倍ものいい出来事があった。いちおう生きている限りは、生活をしていかなければならないので、仕事はしなくてはならないのだが、だからといって、「次はこのテーマで書こう」「今度はぜひあれをやってみたい」という意欲はあまりない。約束した仕事はいくつかあるが、もし私に何かが起こってこの世から消え去っても、編集者には申し訳ないけれども、私自身は、

「ああ、あの仕事を終えてから……」

などという心残りもない。ただ飼っている猫を残していくようになったらかわいそうだが、幸い、周囲の友人がみな猫好きなので、何とかしてくれるのではないかと考えている。

でもこれは私の頭の中だけのことなので、

「きっちりこれは、遺言状を書いておかなくちゃいけないのかなあ」

と考えるようになった。実は五十歳になったら書こうと考えていたのだが、少し早め

ておいたほうがいいかもしれない。それを毎年更新すれば、それはそれでめでたいし、万が一のことがあっても、遺言状があったら物事はスムーズにいくだろう。それを友人に話したら、

「何いってるの。あなたはいちばん長生きに決まってるんだから、私たちに遺言状の置き場所を教えても意味ないわよ」

といわれた。たしかに私は、毎年一月一日に遺言状を書き直している友人から、

「葬儀には親戚は呼ばないでよ。骨は南の海に散骨してね。絶対よ」

と念を押されている。彼女がなぜ私にそういったかというと、他の人は情にほだされて、遺志を無視して、

「でもやっぱり親戚に連絡しないと……」

といいそうだけれども、私はどんなに彼女の親類、縁者が抗議をしても、

「そういうふうにいわれましたから！」

と、きっぱりと突っぱねる性格だからというのだ。こういわれて喜んでいいのか悲しんでいいのかわからないが、いちおう信頼されているのであろう。中には私よりもひとまわり以上年下だというのに、

「私が亡くなったあとは、よろしくお願いします」

などという人まで出てきて、

「じゃあ、いったい、私のことは誰が始末してくれるんだよう」

といいたくなった。

「人事を尽くして……」といっても立派なことをしたわけでもないし、偉業を達成したわけでもない。でも大病をしたわけでもないし、どん底に落ちるような不幸にみまわれることもなく、本当に運がよかった。人生、これで十分である。いつまで生きられるかはまさに神のみぞ知るなのであるが、二〇〇二年の午年、四回目の年女を迎えるにあたり、遺言状を書きしるし、何が起こってもうろたえない、すべてを受け止める肝の据わった人生を送ろうと決めたのであった。

単行本　『先人たちの知恵袋』二〇〇二年三月　清流出版刊
二〇〇五年三月　文春文庫
※文庫化にあたり改題いたしました
本文挿絵　丹下京子
DTP制作　エヴリ・シンク

文春文庫

パンチパーマの猫（ねこ）

定価はカバーに表示してあります

2022年6月10日　新装版第1刷

著者　群（むれ）ようこ
発行者　花田朋子
発行所　株式会社 文藝春秋

東京都千代田区紀尾井町 3-23　〒102-8008
TEL 03・3265・1211㈹
文藝春秋ホームページ　http://www.bunshun.co.jp

落丁、乱丁本は、お手数ですが小社製作部宛お送り下さい。送料小社負担でお取替致します。

印刷製本・凸版印刷

Printed in Japan
ISBN978-4-16-791899-6

（　）内は解説者。品切の節はご容赦下さい。

群ようこ
ヒヨコの蠅叩き
「何いってんだ、このすっとこどっこい！」あまりに身勝手過ぎる男に言い放つと、彼は泣き始めた。狼が羊の皮をかぶっていると称された著者の一刀両断ぶりは健在！　痛快エッセイ。
む-4-19

村上春樹
意味がなければスイングはない
待望の、著者初の本格的音楽エッセイ。シューベルトのピアノ・ソナタからジャズの巨星にJポップまで、磨き抜かれた達意の文章で、しかもあふれるばかりの愛情をもって語り尽くされる。
む-5-9

村上春樹
走ることについて語るときに僕の語ること
八二年に専業作家になったとき、心を決めて路上を走り始めた。走ることは彼の生き方・小説をどのように変えてきたか？　村上春樹が自身について真正面から綴った必読のメモワール。
む-5-10

村上春樹
ラオスにいったい何があるというんですか？
紀行文集
ボストンの小径とボールパーク、アイスランドの自然、フィンランドの不思議なバー、ラオスの早朝の僧侶たち、そして熊本の町と人びと——旅の魅力を描き尽くす、待望の紀行文集。
む-5-15

村田沙耶香
きれいなシワの作り方
淑女の思春期病
初めての皺に白髪、通販の誘惑、自意識過剰とSNS、迫る「産むか産まないか」問題、最後のセックス考……これが大人の「思春期」？　悩み多きアラサー芥川賞作家の赤裸々エッセイ。
む-16-2

山川静夫
私の「紅白歌合戦」物語
令和元年暮れに七十回目を迎えた紅白歌合戦。昭和四十九年より九年連続で白組司会を務めた元NHKアナウンサーだから書ける舞台の裏側。誌上での再現放送や、当時の日記も公開。
や-13-6

山内マリコ
買い物とわたし
お伊勢丹より愛をこめて
週刊文春の人気連載「お伊勢丹より愛をこめて」が書き下ろしを加えて一冊に。蚤の市で買ったお皿からハイブランドのバッグまで、カラーイラスト満載で紹介するお買い物エッセイ。
や-62-1

西原理恵子
洗えば使える泥名言

サイバラが出会った（いろんな意味で）どうかしている人たちが放った、エグくて笑えてじ～んとする言葉たち。そのままじゃ食えなくても洗えば使える、煮込めば味が出る！　（壇　蜜）

さ-73-1

司馬遼太郎
余話として

竜馬の「許婚者」の墓に刻まれた言葉、西郷さんの本当の名前――。歴史の大家がふとした時に漏らしたこぼれ話や、名作の舞台裏をまとめた、壮大で愉快なエッセイ集。　（白川浩司）

し-1-139

東海林さだお
ゆで卵の丸かじり

ゆで卵を食べる時、最初にかぶりつくのは丸い方から？　白身と黄身のバランスから何口で食べ終えるのが正しい？　「食」への好奇心はいまだ衰えず。大人気シリーズ第33弾！　（久住昌之）

し-6-83

東海林さだお
アンパンの丸かじり

にぎって、固めて、齧りつく。アンパンの別次元のおいしさに我を忘れ、ある時は「日本国鍋物法」を一人審議する……抱腹絶倒、大人気の「丸かじり」シリーズ第34弾！　（重松　清）

し-6-85

東海林さだお
レバ刺しの丸かじり

もう一度アナタに逢いたい！　この世からレバ刺しが消える直前、さだおは走った――ナルトに対する選択肢・柿の種誕生物語・納豆ジャニーズ論など、第35弾も絶好調。　（平松洋子）

し-6-87

東海林さだお
サンマの丸かじり

さようなら…。断腸の思いでプッンと頭を切り落とす。フライパン方式が導入されたサンマの悲劇。冷やし中華は「七人の侍」、許されざる太巻き、コンニャクとの関係など。　（椎名　誠）

し-6-88

東海林さだお
猫大好き

なんとも羨ましい猫の生き方研究から内臓と自分の不思議な関係まで。ショージ君が深～く考える、大好評エッセイシリーズ。南伸坊、パラダイス山元、近藤誠との対談も収録。　（壇　蜜）

し-6-89

（　）内は解説者。品切の節はご容赦下さい。

東海林さだお
ガン入院オロオロ日記
「ガンですね」医師に突然告げられガーンとなったショージ君。病院食・ヨレヨレパジャマ・点滴のガラガラ。四十日の入院生活が始まった！　他、ミリメシ、肉フェスなど。（池内　紀）
し-6-93

塩野七生
男の肖像
ペリクレス、アレクサンダー大王、カエサル、北条時宗、織田信長、ナポレオン、西郷隆盛、チャーチル……歴史を動かした不世出の英雄たちに、いま学ぶべきこととは？（楠木　建）
し-24-4

塩野七生
男たちへ
フツウの男をフツウでない男にするための54章
男の色気はうなじに出る、薄毛も肥満も終わりにあらず。成功する男の4つの条件、上手に老いる10の戦術など、本当の大人になるための、喝とユーモアに溢れた指南書。（開沼　博）
し-24-5

塩野七生
再び男たちへ
フツウであることに満足できなくなった男のための63章
内憂外患の現代日本。人材は枯渇したのか、政治改革はなぜ成功しないのか、いま求められる指導者とは？　身近な話題から国際問題まで、日本の「大人たち」へ贈る警世の書。（中野　翠）
し-24-6

春風亭昇太
楽に生きるのも、楽じゃない
「笑点」の司会に抜擢、大河ドラマにも出演と波に乗る人気落語家の楽しく生きる秘訣は、嫌なことはすぐ忘れ、なるべく腹を立てないことにあった。ふわふわと明るいエッセイ集。
し-61-1

ジェーン・スー
女の甲冑、着たり脱いだり毎日が戦なり。
「都会で働く大人の女」でありたい！　そのために、今日も心と体を武装する。ややこしき自意識と世間の目に翻弄されながら、日々を果敢かつ不毛に戦うエッセイ集。（中野信子）
し-66-1

新保信長
字が汚い！
自分の字の汚さに今更ながら愕然とした著者が古今東西の悪筆を調べまくった世界初、ヘタ字をめぐる右往左往ルポ！　果たして、50年以上ヘタだった字は上手くなるのか？（北尾トロ）
し-68-1

須賀敦子

コルシア書店の仲間たち

ミラノで理想の共同体を夢みて設立されたコルシア書店に仲間として迎えられた著者。そこに出入りする友人たち、貴族の世界などを、深くやわらかい筆致で描いた名作エッセイ。（松山　巖）

す-8-1

須賀敦子

ヴェネツィアの宿

父や母、人生の途上に現れては消えた人々が織りなす様々なドラマ。『ヴェネツィアの宿』『夏のおわり』『寄宿学校』『カティアが歩いた道』等、最も美しい文章で綴られた十二篇。（関川夏央）

す-8-2

水道橋博士

藝人春秋

北野武、松本人志、そのまんま東……今を時めく芸人たちを、博士ならではの鋭く愛情に満ちた目で描き、ベストセラーとなった藝人論。有吉弘行論を文庫版特別収録。（若林正恭）

す-20-1

水道橋博士

藝人春秋2

ハカセより愛をこめて

博士がスパイとして芸能界に潜入し、橋下徹からリリー・フランキー、タモリまで、浮き沈みの激しい世界の怪人奇人18名を濃厚に描く抱腹絶倒ノンフィクション。（ダースレイダー）

す-20-2

先崎　学

うつ病九段

プロ棋士が将棋を失くした一年間

空前の将棋ブームの陰で、その棋士はうつ病と闘っていた。孤独の苦しみ、将棋が指せなくなるという恐怖、復帰への焦り……。発症から回復までを綴った心揺さぶる手記。（佐藤　優）

せ-6-2

田辺聖子

老いてこそ上機嫌

「80だろうが、90だろうが屁とも思っておらぬ」と豪語するお聖さんももうすぐ90歳。２００を超える作品の中から厳選した、短くて面白くて心の奥に響く言葉ばかりを集めました。

た-3-54

立花　隆

死はこわくない

自殺、安楽死、脳死、臨死体験……。長きにわたり、生命の不思議をテーマとして追い続けてきた「知の巨人」が真正面から〈死〉に挑む。がん、心臓手術を乗り越え、到達した境地とは。

た-5-25

（　）内は解説者。品切の節はご容赦下さい。

田中澄江
花の百名山
春の御前山で出会ったカタクリの大群落。身を伏せて確かめた早池峰の小さなチシマコザクラ——山と花をこよなく愛した著者が綴った珠玉のエッセイ。読売文学賞受賞作。（平尾隆弘）
た-14-5

高峰秀子
わたしの渡世日記（上下）
複雑な家庭環境、義母との確執、映画デビュー、青年・黒澤明との初恋など、波瀾の半生を常に明るく前向きに生きた著者が、ユーモアあふれる筆で綴った傑作自叙エッセイ。（沢木耕太郎）
た-37-2

高峰秀子
コットンが好き
飾り棚、手燭、真珠、浴衣、はんこ、腕時計、ダイヤモンド……。これまで共に生きてきた、かけ替えのない道具や小物たちとの思い出を、愛情たっぷりに綴った名エッセイ。待望の復刻版。
た-37-7

壇　蜜
壇蜜日記
賞味期限切れのソースで運試し。新聞を読めば、求人欄に目がいく。抱かれる予定はしばらくなし——。あの壇蜜が、文壇を驚愕させた流麗な文体で綴る「蜜」な日々！　文庫書下ろし。
た-92-1

壇　蜜
壇蜜日記2
壇蜜三十四歳。仕事の励みは風呂上がりのアイス。事務所の後輩の女の子が妹だったらと妄想……そんな壇蜜的日常に新展開。——「抱かれた」。各界から絶賛の書下ろし日記第二弾。
た-92-2

壇　蜜
泣くなら、ひとり　壇蜜日記3
寝起きの猫の匂いを愛し、見られてはマズイ画像を持っている人を心の中で数え、「私と春はどちらが図々しいだろう」と物思う……壇蜜のリアルがここに。初小説も収録の文庫オリジナル。
た-92-3

壇　蜜
噂は噂　壇蜜日記4
「不条理の利用」を女子に説き、寿司屋の看板を見ては「寿司良いなぁ」と涙を流し、男の優しさの先にある苦くて甘い何かを時に齧りたくなる……これがまさかの読み納め!?　書下ろし。
た-92-4

田部井淳子
それでもわたしは山に登る
世界初の女性エベレスト登頂から40年。がんで余命宣告を受け治療を続けながらも常に前を向き、しびれる足で大好きな山に登りつづけた――惜しまれつつ急逝した登山家渾身の手記。
た-97-1

高野秀行
辺境メシ　ヤバそうだから食べてみた
カエルの子宮、猿の脳みそ、ゴリラ肉、胎盤餃子……。未知なる「珍食」を求めて、世界を東へ西へ。辺境探検の第一人者である著者が綴った、抱腹絶倒エッセイ！　（サラーム海上）
た-105-1

土屋賢二
ワラをつかむ男
退職したツチヤ教授は神戸に新天地を求めたが、そこでも新たなる苦難が待ち受けていた！「夏の総決算」「風邪の影響」「走った日」など益々混迷深まるエッセイ集。　（佐藤徹郎）
つ-11-21

土屋賢二
無理難題が多すぎる
何気ない日常にも哲学のヒントは隠れている。「妻になる！」と決心したり、「老人の生きる道」を模索したり、野球解説を考察したり――笑い溢れるエッセイ集。　（西澤順一）
つ-11-23

土屋賢二
そしてだれも信じなくなった
やたら待たされる銀行、○○するだけダイエット、敬語の存在意義。「だれも信じられない」出来事の数々に出会った哲学者が生み出す極上のユーモア・エッセイ六十篇。　（荒井泰子）
つ-11-25

土屋賢二
日々是口実
異常気象、70代のスーパーボランティア、まさかの自身の骨折。そして老人ホームに入居？　ツチヤ教授の日々は慌ただしくも、思考の糧に満ちている。文庫オリジナル。　（土屋幹雄）
つ-11-26

中野孝次
ハラスのいた日々　増補版
一匹の柴犬を〝もうひとりの家族〟として、惜しみなく愛を注ぐ夫婦がいた。愛することの尊さと生きる歓びを、小さな生きものに教えられる、新田次郎文学賞に輝く感動の愛犬物語。
な-21-1

能町みね子
オカマだけどOLやってます。完全版
実はまだ、チン子がついてる私の「どきどきスローOLライフ」。オトコ時代のこと、恋愛のお話、OLはじめて物語など、大人気イラストエッセイシリーズの完全版。（宮沢章夫）
の-16-1

能町みね子
トロピカル性転換ツアー
『オカマだけどOLやってます。完全版』の後日談。旅行気分で気軽にタイで性転換手術♪の予定が思いもかけない展開に!? トロピカル感満載の脱力系イラストエッセイ。（内澤旬子）
の-16-3

能町みね子
お家賃ですけど
そして私は築40年を超えた下宿風アパートに戻ってきました。名前と性別を変えて……。著者が25～27歳の時に出会った理想の家と愛すべき人々への偏愛と執着にまみれた自叙伝風小説！
の-16-5

能町みね子
逃北
つかれたときは北へ逃げます
たまの休暇も誕生日も、会社を辞めると決めた日も北へ向かった。現実逃避で安らぎで、自らのルーツを探して北を旅する「逃北」エッセイ。巻末に俳優・千葉雄大との特別対談を収録。
の-16-6

能町みね子
お話はよく伺っております
電車で、喫茶店で、道端で偶然に出会った、知らない誰かの知らないドラマを能町みね子が（勝手に）リポート！〈実録&妄想〉人間観察エッセイ。単行本未掲載のエッセイ15本も収録。
の-16-7

能町みね子
文字通り激震が走りました
議員、力士、芸能人から容疑者まで幅広い発言をチェックし、「週刊文春」で毎週とらえ続けた「言葉尻」約三年半分を一挙大放出！　人気企画「お騒がせ炎上ベスト10」も収録。
の-16-8

能町みね子
そのへんをどのように受け止めてらっしゃるか
鋭い観察眼と言語センスで巷に溢れる「言葉尻」をとらえ続ける「週刊文春」人気連載をいきなり文庫化。約2年分の局地的&国民的流行語が一冊に。著者自身が描いた挿絵も痛快！
の-16-9

（　）内は解説者。品切の節はご容赦下さい。

林 真理子
マリコ、カンレキ！
ドルガバの赤い革ジャンに身を包み、ド派手でゴージャスな還暦パーティーを開いた。これからも思いきりちゃらいおばちゃんを目指すことを決意する。痛快パワフルエッセイ第28弾。
は-3-50

林 真理子
運命はこうして変えなさい
賢女の極意120
恋愛、結婚、男、家族、老後……作家生活30年の中から生まれた金言格言たち。人生との上手なつき合い方がわかる、ときめく言葉の数々は、まさに「運命を変える言葉」なのです！
は-3-52

半藤一利
漱石先生ぞな、もし
『坊っちゃん』『三四郎』『吾輩は猫である』……誰しも読んだことのある名作から、数多の知られざるエピソードを発掘。斬新かつユーモラスな発想で、文豪の素顔に迫ったエッセイ集。
は-8-4

畠山重篤
森は海の恋人
ダム開発と森林破壊で沿岸の海の荒廃が急速に進んだ一九八〇年代、おいしい牡蠣を育てるために一人の漁民が山に木を植え始めた。森と海の真のつながりを知る感動の書。（川勝平太）
は-24-2

葉室 麟
随筆集
柚子は九年で
西日本新聞掲載の文章を中心とした著者初の随筆集。墓場鬼太郎、如水、るしへる、身余堂、散椿、龍馬伝、三島事件、志在千里など、とりどりのテーマに加え、短編「夏芝居」を収録。
は-36-5

葉室 麟
河のほとりで
小説のみならず、エッセイにも定評のある著者の文庫オリジナルエッセイ集。西日本新聞の「河のほとりで」を中心に、文庫解説やその時々の小説の書評も含まれた掌編集です。
は-36-9

長谷川洋子
サザエさんの東京物語
腕白で甘えん坊の町子を挟む串団子三姉妹とワンマン母。女ばかりの長谷川家が繰広げる波瀾万丈、涙と笑いに満ちた昭和の暮らし。実妹が長谷川町子の素顔を率直に綴る。（江國香織）
は-47-1

平松洋子
下着の捨てどき
夜中につまみ食いする牛すじ煮込みの背徳感。眉の毛一本の塩梅。すごく着たいのに似合わない服……誰の身にもおとずれる人生後半、ゆらぎがちな心身にあたたかく寄り添うエッセイ集。
ひ-20-12

東山彰良
ありきたりの痛み
幼いころ過ごした台湾の原風景、直木賞受賞作のモデルになった祖父の思い出、サラリーマン時代の愚かな喧嘩、そして愛する本と音楽と映画のこと——作家の魂に触れるエッセイ集。
ひ-27-1

藤沢周平
帰省
創作秘話、故郷への想い、日々の暮らし、「作家」という人種について——没後十一年を経て編まれた書に、新たに発見された八篇を追加。藤沢周平の真髄に迫りうる最後のエッセイ集。
ふ-1-50

遠藤展子
藤沢周平　父の周辺
「オバQ音頭」に誘われていった夏の盆踊り、公園でブランコを押してもらった思い出……「この父の娘に生まれてよかった」という愛娘が、作家・藤沢周平と暮した日々を綴る。（杉本章子）
ふ-1-91

遠藤展子
藤沢周平　遺された手帳
娘の誕生、先妻の死、鬱屈を抱えながら小説に向き合う日々——「藤沢周平」になる迄の足跡を、遺された手帳から愛娘が読み解く。文庫化に際し貴重な写真を数枚追加。（後藤正治）
ふ-1-97

福岡伸一
ルリボシカミキリの青
福岡ハカセができるまで
花粉症は「非寛容」、コラーゲンは「気のせい食品」？　生物学者・福岡ハカセが最先端の生命科学から教育論まで明晰、軽妙に語る。意外な気づきが満載のエッセイ集。（阿川佐和子）
ふ-33-1

福岡伸一
生命と記憶のパラドクス
福岡ハカセ、66の小さな発見
〝記憶〟とは一体、何なのか。働きバチは不幸か。進化に目的はないのか。福岡ハカセが明かす生命の神秘に、好奇心を心地よく刺激される「週刊文春」人気連載第二弾。（劇団ひとり）
ふ-33-2

（　）内は解説者。品切の節はご容赦下さい。

福岡伸一
やわらかな生命
福岡ハカセの芸術と科学をつなぐ旅
可変性と柔軟性が生命の本質。福岡ハカセの話題も生命と同様、八方へ柔軟に拡がる。貴方も一緒に、森羅万象を巡る旅に出かけよう。「週刊文春」連載エッセイ文庫版第三弾。（住吉美紀）
ふ-33-3

福岡伸一
変わらないために変わり続ける
福岡ハカセのマンハッタン紀行
福岡ハカセが若き日を過ごしたニューヨークの大学に、再び留学する。そこで出会う最先端の科学を紹介、文化と芸術を語る。科学も世界もつねに変化していく。（隈　研吾）
ふ-33-4

藤原美子
藤原家のたからもの
義父・新田次郎愛用のリュックサック、結婚後イギリスでもらったラブレターと夫・藤原正彦氏の想定外の反応……。捨てられないものたちが語りかけてくる人生の妙味、家族の記憶。
ふ-34-2

穂村　弘
にょっ記
俗世間をイノセントに旅する歌人・穂村弘が形而下から形而上まで言葉を往還させつつ綴った『現実日記』。フジモトマサルのひとこまマンガ、長嶋有・名久井直子の「偽ょっ記」収録。
ほ-13-1

穂村　弘
にょにょっ記
奈良の鹿を見習って、他の県でも一種類ずつ動物を放し飼いにしたらどうだろう？　歌人・穂村弘の不思議でファニーな世界へようこそ。フジモトマサルのイラストも満載。（西　加奈子）
ほ-13-2

穂村　弘・フジモトマサル
にょにょにょっ記
妄想と詩想の間を往来する穂村弘の文章とフジモトマサルのシュールなイラストの奇跡のコラボ。気がつくとあなたは日常の裏側を散歩中。単行本未収録分も増補したシリーズ最終巻。
ほ-13-3

穂村　弘
君がいない夜のごはん
料理ができず味音痴……という穂村さんが日常の中に見出した「かっこいいおにぎり」や「逆ソムリエ」。独特の感性で綴る「食べ物」に関する58編は噴き出し注意！（本上まなみ）
ほ-13-4

星野 源
そして生活はつづく

どんな人でも、死なないかぎり、生活はつづくのだ。ならば、つまらない日常をおもしろがろう！　音楽家で俳優の星野源、初めてのエッセイ集。俳優・きたろうとの特別対談を収録。

ほ-17-1

星野 源
働く男

働きすぎのあなたへ。働かなさすぎのあなたへ。音楽家、俳優、文筆家の星野源が、過剰に働いていた時期の自らの仕事を解説した一冊。ピース又吉直樹との「働く男」同士対談を特別収録。

ほ-17-2

星野 源
よみがえる変態

やりたかったことが仕事になる中、突然の病に襲われた。まだ死ねない。これから飛び上がるほど嬉しいことが起こるはずなんだ。死の淵から蘇った3年間をエロも哲学も垣根なしに綴る。

ほ-17-3

堀江貴文
刑務所なう。　完全版

長野刑務所に収監されたホリエモン。鬱々とした独房生活の中でも仕事を忘れず、刑務所メシ（意外とウマい）でスリムな体をゲット！　単行本二冊分の日記を一冊に。実録マンガ付き。

ほ-20-1

堀江貴文
刑務所わず。
塀の中では言えないホントの話

「ほんのちょっと人生の歯車が狂うだけで入ってしまうような所」これが刑務所生活を経た著者の実感。塀の中を鋭く切り取るシリーズ完結篇。検閲なし、全部暴露します！　（村木厚子）

ほ-20-2

丸谷才一
腹を抱へる
丸谷才一エッセイ傑作選1

ゴシップ傑作選、うまいもの番付、ホエールズ論、文士のタイトル、懐しい人――数多くのユーモアエッセイから厳選した〝硬軟自在、抱腹絶倒〟の六十九篇。文庫オリジナル。　（鹿島　茂）

ま-2-26

万城目（まきめ） 学
ザ・万歩計

大阪で阿呆の薫陶を受け、作家を目指して東京へ。『鴨川ホルモー』で無職を脱するも、滑舌最悪のラジオに執筆を阻まれ、謎の名曲を夢想したりの作家生活。思わず吹き出す奇才のエッセイ。

ま-24-1

（　）内は解説者。品切の節はご容赦下さい。